聖なる神《ディウィヌス・デウス》

MADAME EDWARDA

Georges Bataille

マダム・エドワルダ

ジョルジュ・バタイユ
阿部静子訳

月曜社

凡例

一——本書はジャン＝ジャック・ポヴェール社から一九六六年に刊行されたジョルジュ・バタイユ『マダム・エドワルダ』新版、Georges Bataille, *Madame Edwarda*, Jean-Jacques Pauvert, 1966の全訳に、訳者による解説を加えたものである。

一——本文の表記について、原文が大文字で表されている語は訳文では太字にし、原文が《 》で囲まれている語は訳文でも《 》で囲んで示した。また本文中六箇所ある括弧に入ったモノローグの文章を除いて、訳文では、本文にない表記方法の使用（改行、句読記号の廃止（分かち書き）、文の前後のダッシュ・中断符）、および、ふりがな（漢語的表現、特定の読み方など）、傍点、字間あけを取りいれている。

一——序文は、原文がイタリック体で書かれているため、文中の正体はこれを傍点を付して示し、序文の註は、原文が正体で書かれているため、文中のイタリック体はこれを傍点を付して示した。

一——註は、刊行者覚書、序、『マダム・エドワルダ』本文、訳者解説それぞれの末尾にまとめた。各々のうち、序文の原註は◇1、◇2で示し、本文の末尾近く、著者による＊印はこれを註記（＊）として示し、刊行者覚書と本文の訳註、および訳者解説の註は❖1、❖2で示した。

一——作品名・雑誌名・新聞名は『 』で示し、論文や詩・絵画の題名は「 」で示した。

一——本書全体を通じて引用に関しては、バタイユの文章は拙訳を原則とし、それ以外のフランス語の文章で既訳のあるものは随時参照させて頂いた。

刊行者覚書

もっとも突飛な本が、結局もっとも美しく、おそらくはもっとも甘美な本であるとするならば、それこそまさにスキャンダルである。

モーリス・ブランショ[1]

ジョルジュ・バタイユが『マダム・エドワルダ』を一九四一年と一九四五年、地下出版でそれぞれ五〇部ほど出版したのはピエール・アンジェリックという偽名によるものだった。一九五六年にわれわれに最初の正式出版を任せたのもこの同じ偽名によってであり[2]、本名は序文に記すことしか認めなかった[3]。当時ジョルジュ・バタイユはオルレアン図書館の上級司書の職にあり、当然のことながら《書物による良俗毀損》のために告訴される虞《おそれ》がその職務規程に抵触すると思われたからである。

あれから一〇年が過ぎ、ジョルジュ・バタイユはいまは亡く、一五〇〇部の『マダム・エドワルダ』は次々にその受け取り手を見つけていった。もはやこの小さな本の作者、その影響力がとどまることを知らずに広がり続けている作者の本当の名前を、本の冒頭に記すことを妨げるものは何もない。

われわれは今回の再版と時期を同じくして、これとは別に未刊の作品『わが母』を刊行するが、これはジョルジュ・バタイユの考えによれば『マダム・エドワルダ』のあとに続くもので、ほかの二つのテクスト『シャルロット・ダンジェルヴィル』と『エロティシズムに関する逆説』を含む一巻にまとめられるはずだったものである。この未完の計画のその他の詳細については、『わが母』の序文で述べることになっている。[4]

〔この覚書は原著出版者ジャン・ジャック＝ポヴェールによるものである——訳者註〕

訳註

❖1　このエグゼルグの文章は、モーリス・ブランショ『来たるべき書物』中の「物語とスキャンダル」と題する『マダム・エドワルダ』論の最後の一節から、「ジョルジュ・バタイユが序文で言っているように」の部分を削ったものである（Maurice Blanchot, *Le Livre à venir*, Gallimard, coll.«Folio», 1990, p. 262. モーリス・ブランショ『来たるべき書物』粟津則雄訳、ちくま学芸文庫、二〇一三年、四〇〇頁）。バタイユは序文のなかで『マダム・エドワルダ』を、「あらゆる本のなかでも最も突飛な本」と言っている（本訳書二〇頁参照）。

❖2　地下出版された二つの版はいずれもソリテール社刊行。作者名だけでなく刊行年もそれぞれ一九三七年、一九四二年と偽っている。発行部数は四一年版は四五部、四五年版は八八部というきわめて少部数の限定出版であったが、こうしたかたちはエロティックな出版物にしばしば見られる特徴だった。一九五六年のポヴェール版で初めて一五〇〇部が刷られている。ソリテール四五年版は四一年版（16cm）に比べてサイズが大きく（22cm）、ジャン・ペルデュ（実名ジャン・フォトリエ）によるオレンジ色のカット三〇点が、扉および本文中ポヴェール版で段落となっている箇所とほぼ同じ場所に配されている。ポヴェール初版はソリテール四五年版よりやや小ぶりで（19cm）、表紙が緑色の布製のユニークな装本である。ポヴェール新版は18.5cm。以上のソリテール版とポヴェール五六年版の刊行形態についての説明は、左記の各書誌情報による。

Georges Bataille, *Œuvres complètes, tome III*, Gallimard, 1971, p. 491.

Georges Bataille, *Romans et récits*, Gallimard, «Bibliothèque de la Pléiade», 2004, pp. 1127–1131.

以下は、フランス国立図書館（BnF : Bibliothèque nationale de France）カタログ記載情報。

Georges Bataille, *Madame Edwarda*, （Texte imprimé）, par Pierre Angélique, Ed. du Solitaire, 1937（i.e. 1941）.

Georges Bataille, *Madame Edwarda*, （Texte imprimé）, par Pierre Angélique, le Solitaire（i.e. Georges Blaizot）, 1942（i.e. 1945）.

Georges Bataille, *Madame Edwarda*, （Texte imprimé）, par Pierre Angélique, préface de Georges Bataille, note de J.-J. Pauvert, J.-J. Pauvert, 1956.

なお、ソリテール版とポヴェール版の内容面での異同については、本文訳註の冒頭の説明を参照されたい。

❖3 ここで触れられている序文については、本書「訳者解説」中の「序文と巻頭文」で詳述する。

❖4 ここで述べられている『わが母』序文中の連作の企画については、「訳者解説」の「『マダム・エドワルダ』作者とタイトル」の項を参照されたい。

マダム・エドワルダ——目次

訳者解説

序

死はあらゆるもののうちでもっとも恐ろしく、
死の業《わざ》を保つことは最大の力を要する。
ヘーゲル

『マダム・エドワルダ』の作者は、自分の本の厳粛さに対して自ら注意をうながしている。それでも性生活をテーマにした作品は軽々しく扱われるのが通例であるという理由から、私はこの点を強調しておいた方がよいと思う。私は何もこうした慣習を変えたいと望んでいるのではなく、変えようという意図を持っているのでもない。私は私の序文の読者に、快楽（性の戯れにおいて途方もない激しさに達するもの）と苦痛（死がたしかに和らげはするが、最初は死によって最悪にまで至るもの）に対する伝統的な態度について、しばしばよく考えて貫いたいのだ。いろいろな条件が重なって、われわれは人間（人間性）に関して、極度の快楽からも極度の苦痛からも同じようにかけ離れたイメージを抱くように仕向けられている。つまり最も一般的な禁止のうちのいくつかは性生活を、ほかのいくつかは死を対象にしており、その結果、両者ともに宗教の管轄下、神聖な領域を作り上げたのである。そして禁止が、人間存在の消滅という状況に関わる時だけ厳粛な様相を帯びることを認められ、人間存在の出現という状況――生殖にまつわるすべての活動――に関する場合は軽々しくとられるようになった時に、最も我慢のならない事態は始まったのである。私は大多数による根強い傾向に異議を唱えるつもりはない。この傾向は、人間に自身の生殖器官を笑うようにさせた宿命の現れなのだ。だがこの笑い、快楽と苦痛の対比（苦痛と死は畏敬の念に値するのに対し、快楽は取るに足りないもの、軽蔑の的でしかない）を際立たせる笑いは、両者の根本的な類縁性もまた示しているのだ。笑いは敬うべきものではもはやなく、おぞましさのしるしである。笑いとは、嫌悪を催す様相を前にした時、そしてその様相が深刻には見えない場合に人間が取る妥協の態度なのだ。同様に、重々しく悲劇的に考察されたエロティシズムは、完全な逆転を表しているのである。

まず初めに、私は性の禁止に関する月並みな主張がどれほど無意味なものであるかを是非ともはっきりさせておきたい。それによれば、性の禁止は偏見でしかなく、いまやこの偏見を捨てるべき時だと言うのである。強い快感に伴う屈辱感や羞恥心はそれ自体、無知の証拠でしかないと言うのだ。これはつまり、われわれがすべてを白紙状態《タブラ・ラサ》にして動物性の時代にもどるべきだと、どん欲に何でも自由にむさぼり食い、汚れに無関心だった時代にかえるべきだと言うのと同じことである。あたかも全人類は、おぞましさのあとに魅惑が続く大いなる激烈な動き、感性と知性に分かちがたく結びついたこの動きの結果生まれたのではないと言うようなものだ。しかし、卑猥さがもとで起こる笑いに何かを対抗させようとするのではなく、笑いのみがもたらした見方を部分的に見直すことは自由だろう。

たしかに不名誉な断罪のかたちを正当化するのは笑いである。笑いは、禁止の原則、必要避けがたい慎みの原則であったものが排他的偽善に、目前の現実に対する無理解に変わる道へとわれわれを引きずり込む。極端な卑猥さは冗談に繋げられることで、エロティシズムの真実を真面目に――私は悲劇的にと言うつもりだ――とることを拒む結果を伴うのだ。

エロティシズムが単刀直入に表現され、裂け目の意識へと開かれているこの小さな本の序文は、私にとって、悲愴であって欲しいと願う呼びかけをするための絶好の機会である。精神が自身から顔をそむけ、いわば背を向けてしまった挙げ句、その意固地さゆえに自身の真実の姿のカリカチュアと化してしまうことが私には驚くべきことに見えるというわけではない。人間には嘘が必要だと言うのなら、結構、嘘をつけばよいのだ！おそらくはプライドを持った人も、大多数の人間によって埋もれさせられてしまうのだ……。だが私は、それでもやはり目を見開いて、いま起こりつつあること、現にあることを直視しようとする意志に繋がる激しいもの、驚くべきものを決して忘れないだろう。そして私が、極度の快楽について何も知らなかったならば、極度の苦痛について何も知らなかったならば、私はいま起こりつつあることを知ることはないだろう！

誤解がないようにはっきりさせておこう。ピエール・アンジェリックは用心深くも言っている。われわれは何も知らないし、夜の底にいるのだ、と。だが少なくともわれわれは、われわれの判断を誤らせるものについて、われわれの苦悩について知ることを妨げているもの、より厳密に言えば、歓喜が苦痛と同じものであり死と同じものだと知ることを妨げているものは何かを見極めることはできる。

卑猥な冗談が引き起こす大笑がわれわれの注意を逸らすもの、それは極度の快楽と極度の苦痛の一致、つまり存在と死の一致であり、最終的にこの輝かしい見通しに達する知と決定的な闇の一致である。この真実を、おそらくわれわれは最終的には笑いとばすことができるだろうが、その時の笑いは、むかつかせるもの、その嫌悪感がわれわれを沈み込ませるものをものともしない、無条件の笑いだろう。

性の快楽においてわれわれを忘れる恍惚の果てまで行きつくためには、われわれは常にそのために間近の制約をおかなくてはならない。それはおぞましさである。他人の苦痛あるいは自身の苦痛は、私をおぞましさがかり立てる瞬間に近づけることで錯乱へと進む歓喜の状態に達するようにさせることができるだけでなく、私が欲望との親近性を認められないような嫌悪のかたちはないのである。おぞましさと魅惑が混じり合うということではなく、魅惑を抑えたり破壊したりすることができない時には、おぞましさは魅惑を強めるのだ！　危険も麻痺させるが、それほどひどくなければ欲望をかき立てることができる。われわれは、たとえはるかであろうと、死の見通し、われわれを滅ぼすものの見通しのもとでなければ恍惚に達することはないのである。

人間が動物と異なるのは、ある種の感覚が人間を傷つけ、最深部まで抹殺してしまうという点である。こうした感覚は個人によって、また生き方によって異なる。だが流血の光景や嘔吐の臭いはわれわれのうちに死の恐怖を呼び起こし、時には苦痛よりひどくわれわれを襲う吐き気のあることに気づかせるのだ。極度のめまいに通じるこうした感覚にわれわれは耐えられない。へびが無害だと分かっていても、へびに触るよりは死んだ方がましだと言う人もいる。死がもはや単に消滅を意味するのではなく、われわれが何としても消滅してはならない時に、われわれの意に反してしてしまう耐えがたい動きを意味する領域があるのだ。そしてまさにこの何としても、このわれわれの意に反してこそが、極度の歓喜の瞬間、名づけようもない、だが驚くべき恍惚の瞬間を際立たせるのである。われわれを凌駕するもの、何としても存在すべきでないというわれわれの意に反して、われわれを凌駕するものがもし存在しないとしたら、われわれが全力を挙げて目指すと同時に全力ではねつける途方もない瞬間にわれわれは到達しないだろう。

快楽は、このような衝撃的な凌駕でなかったなら軽蔑すべきだろう。これは性的恍惚に限られたものではなく、様々な宗教の神秘家たち、何よりもキリスト教の神秘家たちが同じやり方で体験したものである。存在がわれわれに与えられるのは、死に劣らず耐え難い、存在の耐え難い凌駕においてである。そして死において、存在はわれわれに与えられると同時に奪われるのだから、われわれは存在を死の意識のうちに、われわれが死に瀕していると思われる耐え難い瞬間のうちに探し求めなければならない。なぜなら存在はわれわれのなかで、おぞましさと歓喜の充溢が一致する時、もはや過剰によってあるのみだからだ。

思考（省察）さえもわれわれのなかで、過剰においてしか完成しない。過剰の表現を除いたら、真実とは一体何を意味するだろう？　われわれが見る可能性を超えたものを見ず、恍惚における耐えがたい快楽のように、見るに耐えないものを見ないならば、思考する可能性を超えたものを思考するのでないならば……？◇1

この悲愴な省察が、自身の耐えがたさのうちに沈み込むことで悲鳴とともに消滅した末に、われわれは再び神を見出す。それがこの途方もない本の意味であり、並外れたところである。つまりこの物語《レシ》は、神自身をその十全な特性において投入しているのであるが、しかしながらこの神は、あらゆる点でほかの娼婦と変わるところのない娼婦なのである。だが神秘主義が言いえなかったこと（神秘主義は、それを言おうとしてひるんだのだ）、エロティシズムはそれを言うのである。すなわち神は、あらゆる意味において神の凌駕でなければ無なのだ、と。卑俗な存在の意味において、おぞましさと猥らさの意味において、最終的に無の意味において……。われわれはほかの言葉を超える言葉、神という言葉を言語に加えようとすればただでは済まない。われわれがそうするや、この言葉はただちに自身を乗り越えて目も眩むばかりに自らの限界を破壊する。この言葉は、何ものを前にしてもひるまず、予側不可能ないたるところにいる、それ自体ある並外れたものである。どんなにかすかでも気配を察した者はみな、ただちに口を噤む。さもなければ出口を探し求め、身動きがとれなくなっていることが分かると、自分を無にして、神に似せるもの、無に似せるものを自らのうちに探すのである。[◇2]

あらゆる本のなかでも最も突飛な本がわれわれを巻き込む、このなんとも奇妙な道において、それでもわれわれがまだいくつかの発見をすることもありうる。

たとえば、偶然に幸福を見つけること……。

歓喜はたしかに、死の見通しのうちに見つかるだろう（歓喜はそういうわけで、その正反対の外見、悲嘆の仮面を被っているのだ）。

私は何もこの世で最も重要なのは性的快楽である、などと考えたいのではない。人間は快楽の器官に限られるものではない。だがこの恥ずべき器官は、人間にその秘密を教えてくれるのである。[◇3] 性的快楽は、精神に開かれている有害な眺望に支配されているから、たぶんわれわれはごまかして、できるだけおぞましいものに近づかないようにして歓喜に達しようとしているのだろう。欲望をそそるイメージや、最後の痙攣を引き起こすイメージは一般に怪しげで曖昧なものである。これらのイメージが目論んでいるのがおぞましさであり死であるとすれば、それは常に秘かなやり方を取る。サドの見地においてさえ死は他者へと逸らされており、そして他者は何よりもまず生の甘美な表現である。エロティシズムの領域は逃れようもなく手練手管へと運命づけられており、愛の神《エロス》の衝動を引き起こす対象《オブジェ》は、実際とは異なるもののように見せるのである。したがってエロティシズムに関して正しいのは、禁欲主義者たちだ。禁欲主義者たちは美について、あれは悪魔の罠だと言う。たしかに美だけが、愛の根源である無秩序や暴力、下劣さに対する欲求を許容できるものにする。ここで錯乱について詳細に検討することはできないが、そのかたちは数を増しており、その最も激しいもの、生の盲目的な過剰を死の境にまで導く錯乱については、純粋な愛がこっそりとわれわれに教えてくれるのである。おそらく禁欲主義者の非難は大雑把で臆病かつ残酷なのだろうが、この非難は戦慄に、それなくしてはわれわれが夜の真実から遠ざかってしまう戦慄に一致している。生がその全体においてのみ持つ卓越性を性愛に与える根拠はないが、夜のとばりが降りるまさにその地点に明かりを運ばないなら、われわれはどうやって自分のことを知りえよう？　われわれが実際そうであるように、存在がおぞましさのなかに投げ込まれてできたのだということを？　存在が何としても逃れなくてはならない忌まわしい空虚のうちに沈み込むなら……？

たしかに、これ以上恐ろしいことはない！　教会の入り口の地獄絵など、なんと取るに足りないものに見えることだろう！　地獄とは、神が無意識にわれわれに知らせてしまう自身の薄弱な理念なのだ！　だが無限規模の消失に、われわれは再び存在の勝利を見出すのである。存在にこれまで欠けていたのは、自分を滅ぼそうとする動きに合わせることでしかなかったのだ。存在は恐るべきダンスに自ら加わる。踊りのリズムはシンコペーション。われわれはダンスが調子を合わせている相手がおぞましさであることだけを知って、ダンスをそのまま受けいれなくてはいけないのだ。気力がなければこれ以上の責め苦はない。そして拷問の瞬間にこと欠くことは決してないだろう。万一拷問の瞬間がなかったら、どうやって乗り越えたらよいだろう？　だが開かれた存在、――死、責め苦、歓喜に対して――無条件に、開かれていて死に瀕した、悲痛にして幸せな存在は、すでにそのぼんやりとした光のうちに姿を現わしている。この光は神々しい。そしてこの存在が、ゆがめた口で、おそらく身を捩って、だが声高に発する叫びは、果てしない静寂のなかに消えていく大いなるハレルヤである。

ジョルジュ・バタイユ

序・原註

◇1　ここで付け加えさせてもらわなければいけないが、過剰は原則を超えるために、存在と過剰についてのこの定義は哲学的にその根拠を示すことができない。過剰こそは存在を真っ先にあらゆるものより前に、あらゆる制限の外におくものである。存在はおそらく制限のうちにもあるだろう。これらの制限がわれわれに話すことを可能にしているのである（私もまた話しているが、私は話しながら、言葉が私から逃れていってしまうだろうことだけでなく、現にいまも逃れつつあることを忘れてはいない）。これらの秩序立って並んでいる文章は可能だが（広範囲で可能だろう、というのは過剰は例外だからである。驚くべきもの、奇蹟だからである……、そして過剰は魅惑を示している——おぞましさではないとしても魅惑を、あるがまま以上のもの、すべてをさしている）、だがこれらの文章の不可能性は最初から与えられているのである。その結果、私は決して縛られず、決して服従せずに自分の至高性を保持する。私の死のみが私の至高性を私から引き離すが、死は私が過剰のない存在に自分を限定することが不可能だったことを証明するだろう。私は認識を認めないのではない。認識がなければ私は書いてはいないだろう。だが現に書いているこの手は死につつあり、約束されたこの死によって、手は書くことで受けいれた限界（書く手によって受けいれられ、だが死にゆく手によって拒まれる限界）を免れるのである。

◇2

これがまさに、笑いが啓示を与えた人間、限界が何であるか知らないものをあえて制限しない人間によって提示された最初の神学である。読んだ日を炎の石で刻印するのだ、哲学者たちの書いたものに青ざめた君たち！　哲学者たちを黙らせるには彼らが考えつかないようなやり方で自分の考えを述べる以外に、どんな方法があるだろう？

◇3

その上、私は過剰が有性生殖の原則そのものであることを指摘することもできるだろう。事実、神の摂理はその仕事において、その秘密が読みとられるままであることを望んだのだ！　人間は、何も免がれえなかったのだろうか？　自分の足元の地面がなくなることに気づくまさにその日に、彼は地面が摂理によって失われたのだと言われるのだ！　だが彼は瀆神行為から子供を得るのであり、この上なく惨めな者が性的快楽を味わうのも冒瀆することによって、自分の限界に唾することによってであり、彼が神になるのも冒瀆することによってである。創造行為は錯綜しており、乗り越えられることによって乗り越えるという確信以外のいかなる精神の動きにも還元できないということは、それほど確かなのである。

マダム・エドワルダ

もし君が、どんなものにも懼《おそ》れを抱くと言うのなら、この本を読むといい。がその前に、僕の言うことを聞いて欲しい。君が笑うとすれば、懼《おそ》れているからこそだ。書物など死物でしかないように君には思えるだろう。確かにそうかもしれない。だがしかし、君が読む術《すべ》を知らなかったら？　そういうこともあるのだ。そうなれば、君は懼《おそ》れる必要などあるだろうか……？　君は孤独か？　寒気を覚えているか？　君は分かっているのだろうか？　人間はどれほどまでに《君自身》であるかということが？　愚かではだかだと？

僕の煩悶はついに絶対の王位についた。死に瀕して街にさまよい出た僕の至高性。
とらえようもなく——墓場の静寂に取りかこまれて——恐るべきものを待ちかまえて身を潜め——、だがしかし、その悲嘆はすべてを嘲笑《わら》いとばすのだ。

❖1

街かどで――
ふいに　不安が襲う
みだらな思いに陶然となりつつも　顔がひきつっていた
（たぶん、あのおんなどものせいだ。つい先刻《さっき》、便所へと降りる階段で見かけた
盗み目の二人の娼婦たち……）。
こんな時だ　臓腑までも吐き出したくなるのは――
自分で裸になるべきか
それとも　目当てのおんなたちを脱がせるべきか
気の抜けた　なまぬるい肉の味わいは　きっと救いになっただろう
それなのに　僕の選んだのは一杯のペルノー酒
はるかに　安易な手段《て》だ
カウンターに寄るやいっきに流し込み　あとはそのまま
バーからバーへと　果てしなく――

かくして……
　宵闇《やみ》が　すっぽりと墜《お》ちかかっていた

ポワソニエールの四ツ角から　サン・ドニ通りへ
　おあつらえ向きの小路に　さまよい出たが――
孤独とやみが　酔いに止めを刺した
人影が絶えた　からっぽの通りに
　よるは　裸だった
ズボンを脱いで　腕にひっかける
　これで　同じ
よるも　僕も　は　だ　か　だ
よるの涼気が欲しかったのだ

股間をなぶらせては　目も眩《くら》む　解放感に浸った

　——一物《いちもつ》が固くなる

握りしめる手のなかで　男根は　真っ直ぐに突っ立っていた

（乱暴な書き出しだ。こんな風に始めずに《それらしい》やり方ですますことだってできたかもしれない。遠回しにやった方が身のためだ。が、まあ、こういうわけだ。初めはざっくばらんなものだ。続けよう……もっとひどくなろうと……）。

ふと　物音が聞こえた気がして　あわててズボンを穿《は》き

　——何に怯《おび》えていたのか

レ・グラースを　目指す

あかりに浮かぶ　鏡の館《レ・グラース》❖2——

おんな　おんながひしめくなかに
マダム・エドワルダ――
　はだかで　一際《ひときわ》焦がれたふうで……
ぴったりだった　魅惑的だった　迷うことなく選び
　かたわらに座る　かの女❖[3]
ボーイへの返事もそこそこに　抱きよせる
まかせきった　エドワルダ――
　狂った接吻《くちずけ》に　くちびるがもつれ合い……
男とおんなで　びっしり埋まった広間
砂漠の舞台に　いつ果てるともしれない　戯れがつづく
　――一瞬　かの女の手がすべり込む
たちまち僕は　ガラスのように砕け散って
　ズボンのなかで　慄《おのの》いた

両手に かの女の尻をつかんでいた僕は
　――はっきりと　感じた
同時に生身《なまみ》を裂かれた　マダム・エドワルダを
いっぱいに瞠《みは》った白目には　恐怖が宿り
のどからは　絞り出すようなあえぎ声が
　長く尾を引いて　もれ響いた

――そうだ
僕は　破廉恥でありたいと望んでいた
いやむしろ　破廉恥でいることが　必要だった
　――何としても
ざわめきと　あかり　紫煙越しに

　嗤《わら》う声を聞いたように思ったが……
かまうものか
両腕にしっかり　エドワルダを抱きしめ
　と　かの女が微笑《ほほえ》みかける
たちまち全身が凍りつき　あらたな衝撃が襲う
高みから　一種の沈黙が降りかかり　僕を震えあがらせた
　天使の一群が……
胴体もなく　頭もない
翼のはばたきだけの飛翔に　僕は高々と運び上げられ……
　だが　どうということもなかったのだ❖4
不幸な思い　見棄てられた気分だった
神の面前のように――
　酔いより　ひどい

　――狂っている
何よりも　ついさっき僕に降りかかった　あの崇高なものが
僕がエドワルダと味わうつもりでいた　愉《たの》しみを
　奪ってしまうのではないだろうか
そう考えるだけで　心が昏《くら》くなった

それにしても　エドワルダとは　ほとんど言葉を交わしていなかった
　――どうかしている……
一瞬　はげしいめまいがした
よるが　僕に襲いかかってきたのだ！
　喧噪と明かりの真っ只中で――
こんな体《てい》たらくは　言葉にできたものじゃない

テーブルを突き飛ばしてやりたい　何もかもひっくり返してやる
相変わらず　しっかりと床にはりついたまま　びくともしないテーブル
　これ以上の茶番はない
――とても　耐えられたものじゃない
気がつくと　すべてが　あとかたもなく消え失せてしまっていた
広間も　マダム・エドワルダも
――ひとり　よるだけが……

こえが――
人間くさ過ぎる声がして　われにかえった
――マダム・エドワルダだった
「見たい？　私の　襤褸《ぼろ》？」

華奢な肢体《からだ》に　この声　いずれ劣らず　猥《みだ》らだ
　両手でテーブルをつかんで　かの女のほうを振り向くと——
かの女は座ったまま　片脚を高く持ち上げ　それでも足りないと言うように
両手で割れ目を引張り　拡げて……
　——エドワルダの《襤褸《ぼろ》》は　僕を凝視《みつ》めていた
そいつは　毛むくじゃらでピンク色の　蛸
　生気を漲《みなぎ》らせた　むかつくやつ——
僕は　小さく　口ごもった
「なんでそんなことするんだ?」
「ほら　私は**神**なのよ……」と　かの女
「頭がおかしくなったんだろうか　僕は……」
「何言ってるの　正気よ！　見なくちゃだめ　見るのよ！」
嗄《しゃが》れていた声が和らぎ

かの女は　ほとんど子供っぽく
　くったくのない　はるかな微笑を浮かべて　けだるげに言う
「ああ　よかった！」

ところが　挑むようなポーズは　そのまま崩そうともしない
「接吻《キス》しなさい！」
命じられて　思わず問い返した
「でも……ひと前で？」
「もちろん！」
　僕は　顫《ふる》えた
身じろぎもせず　この上なくやさしく微笑《ほほえ》んでみせる　かの女を凝視《みつ》め
　――戦慄した

ついに跪《ひざまず》き　よろめきながら　剥《む》き出しの傷口にくちびるを当てる
太ももが　じかに　そっと耳を愛撫する
　と　波のうねりが……
大きな貝の殻に　ぴったり耳を押し当てると聞こえてくる　あの波の音——
　たしかに　聞こえた気がする……
淫売屋のばかばかしい騒ぎと　僕を取り巻く混乱のただ中で
奇妙に宙づりになったまま——
(息が詰まったようだった。真っ赤になって、びっしょり汗をかいていた)。
あたかも　エドワルダとふたり　海を前にして
　風吹きすさぶよるに　踏み迷ったかのように……

——別の声がした

体格のよいからだを　上等な身なりに包んだ美人が
　男のような声で 言い渡す
「あんたたち　上がってもらわなくちゃ」
金を渡し　立ち上がると　マダム・エドワルダのあとを追った
かの女の裸身が　ゆう然と　広間を横切っていく
おんなたちと客でいっぱいの　テーブルを突っ切って
お愉《たの》しみの相手を従え　ひたすら進んでいく　《部屋入りするおんな》――
　野卑な　このしきたり
だがその時の僕には　幻覚とも見まがうばかり
　荘厳な儀式にほかならなかった
タイルの床にひびく　マダム・エドワルダのヒールの音
腰を振って進んでいく　すらりと伸びた肢体《からだ》の　猥《みだ》らさ
僕が嗅いだ遊女《あそびめ》の　この白いからだの　きつい匂い

マダム・エドワルダが行く
　雲霞のなかを　僕の先に立って
かの女の上首尾にも　揺るぎない厳粛な足どりにも無関心な
広間の喧噪こそは　戴冠の祝典　華々しい饗宴に
　――ほかならぬ　死がまぎれこんでいた
淫売屋の裸身に呼びよせられた
　肉屋の包丁が……

鏡[5] 鏡 鏡

鏡 鏡 鏡 鏡 鏡 鏡 四壁ぐるりに張り巡らされ
天井にまで張りつめられた鏡が生む　おびただしい数の
　けものの　まじわり――
ほんのかすかな動きにも
ふたりの心臓は砕け散り　虚空に向かって開き
　無限の反射となって　さ迷った[6]

歓《よろこ》びが　ついにふたりを打ちのめし
　からだを起こして　厳粛に凝視《みつ》め合う

マダム・エドワルダは　僕を魅了した
こんなにも　愛らしいおんな
——こんなにも　剝《む》き出しなおんなが　いただろうか
抽斗から　白い絹のストッキングを取り出し
ベッドに腰掛け　脚を通すと
　僕から眼を離さないまま
はだかの錯乱にとりつかれ
　またしても両脚をひらき　女陰をひろげてみせる
ひりひりと剝《む》き出しの　ふたつの肢体《からだ》は
　ともども　憔悴しつくし……
真っ白いボレロをはおり　黒いマント《ドミノ》❖7に裸体《はだか》を隠したかの女
頭巾を被り　レースのついた仮面《ルー》❖8で顔を覆い
こんないでたちで　僕のもとを抜け出して言う

「出ましょう！」

「だけど……出てもいいのかい？」

尋ねると　弾んだ声が言い返した[9]

「さっさとして　坊や　裸のままじゃ　外に出られないでしょ！」

服をとってよこし　着るのに手を貸しながらも

ひょいと気紛れを起こしては　時おり

　からだからからだへと　こっそり　みだらな愉《たの》しみをつづける

狭い階段を降りる途中　館《やかた》の女中に出喰わしたが[10]……

通りに出ると　夜闇《やみ》の不意打ちを食らった

——僕は　目を疑った

エドワルダが　かけ出したのだ

やみをまとって
僕のもとから　大急ぎで逃れ去る　仮面《ルー》の狼《ルー》❖11
――けものの遁走
寒くもないのに　僕は顫《ふる》えた
別人になった　エドワルダ――
頭上一杯　途方もなく広がる　空虚な星空――
よろめきそうになりながら　僕は　歩き出した

よる　こんな時刻に　からっぽの通りを
ひとりで駆けだした　エドワルダ
　不機嫌に　ひとこともしゃべらず――
サン・ドニ門を前にして　立ち竦《すく》む
僕は　じっと動かないままでいた
エドワルダも　身じろぎもせず
　門の下　アーチの真中で待っている
かの女は　そっくりそのまま　やみだった
墓穴にも似て　単純で　苦悩をかき立てる　やみ――
僕には分かった　かの女はふざけてなどいないことが　それどころか
――厳密に言おう
かの女はいまや　自分を覆う服のなかで　不在だった[12]
僕はその時　はっきりと悟った

かの女は　嘘は言っていなかったのだ
かの女は　**神**だった
　酔いは　あとかたもなく消え去っていた
かの女の存在の　不可解な　石の単純さ——
僕は　やみの山中
　いのちの絶えた　静寂のただ中にいる感覚にとらえられた
　——とは言え　こんな街中だ……

かの女の呪縛が解け
僕は　このやみの石を前に　ひとり
　この世で最も空虚な存在を前に　顫《ふる》えていた
どうやっても逃れられない　僕の立場の　滑稽なおぞましさ

いま　かの女を見て　僕の血は凍りついている
　が　一瞬前は……
知らず知らずのうちに起こった　変貌は
　――喪の仕業《しわざ》だ
くるしみとも　涙とも無縁の喪が　マダム・エドワルダのうちに
　うつろな静謐《ひつ》をすべりこませていたのだ
それでも　僕は知りたかった
つい先刻《さっき》　あれほど剝《む》き出しだった　このおんなを――
　僕を《坊や》と　陽気に呼んで……
通りに踏み出した
懼《おそ》れが僕のうちで　止まれ　と言っていたが
　振り切って進んだ

左の柱のほうへ　あとずさりしながらすべっていく　かの女
　無言のまま——
目の前にそそり立つ　記念門
石のアーチに踏み込んでみると
　ドミノは　ふっと音もなくかき消えた
——息を詰め　全身を耳にする
と　ありありと感じとれる　驚くほどに——
僕にはわかっていた　すなわち
かの女が走り出した時は　何がなんでも走って　門に飛び込むだろうと
止まった時には　あらゆる笑いの　はるか　かなた
　一種の不在のうちに　宙吊りになっているだろうと——
穹窿《アーチ》❖13から　死の闇《やみ》が堕《お》ちかかっていた

もはや　かの女のすがたは見えない
臨終《おわり》のくるしみが始まる
――一瞬たりとも　考えたわけではなかったが
僕には《分かっていた》
苦しみは　引き受けた　望むところ
もっと苦しんで　もっと先　《空虚》にまでも行きつくのだ
たとえ　そのために斃《たお》れようと――
僕は知っていた
知りたいと願っていた
僕が焦がれ　かつえていた　かの女の秘められた深奥――
――死が かの女を領していることは 一時《とき》も疑わず

穹窿《アーチ》の下　呻き声をもらし
　僕は懼《おそ》れ　かつ　笑っていた
「この門　この虚無を抜ける男だけが！」
かの女は　逃げ去るのではないだろうか
二度と　姿を現さないのではないだろうか
考えては慄《おのの》き　震えつつ　覚悟はしていたものの
　現実に思ってみた途端　度を失った
とんでいって　柱のぐるりを回る
右の柱も　急いで一周する
　——いない
そんなはずはない……
　僕は打ちのめされ　門の前に立ち尽くし　絶望に落ち込む
と　いた——

通りの向こう側

じっとうごかないまま　夜闇《やみ》に紛れたドミノが……
エドワルダは　片付いたカフェの　テラスの前に立っていた
あい変わらず　見るからにうつろなまま
近づいてみると　ただならぬようす
——別の世に行っていたのだ　間違いない
亡霊よりも儚《はかな》く　消えなずむ霧よりもかすかに　通りに立ちこめている
僕の前から　ゆっくりあとずさり
からっぽのテラスの　テーブルに突き当たると
僕が目覚めさせたかのように　つぶやいた
「ここは　どこ?」
生気のない声——

　——何てことだ
僕は　天を指さしてやった
頭上にひらける空虚を——
見上げたかの女　つかの間　仮面《マスク》に隠れた視線を
　ぼんやり　星海原にさ迷わせる
支えてやると　両手で病的にドミノの前を掻き合わせ
痙攣《けいれん》に身を捩《よじ》らせ始めた
　くるしみに身をまかせる　かの女——
泣いているかと思ったが　間違いだった
あたかも　世界も苦悩も　嗚咽《おえつ》にまぎらすことができずに
　かの女のなかで　息を詰まらせているかのようだった
得体のしれない　嫌悪にとりつかれて

僕を押しのけ　僕から離れ
　急に狂ったように飛び出していく
と　ぴたりと立ち止まり　ドミノをひらりと翻《ひるがえ》し
腰をひと振り　ポーズをとっては　尻を見せつける
かと思うと戻ってきて　僕に飛びかかり
荒々しい　野生の嵐にあおり立てられ
　猛り狂って　僕の顔めがけて殴りかかる
拳《こぶし》を握りしめ　無茶苦茶に殴りつけ
　よろめき　倒れ込む僕を尻目に
一目散に逃げ去った

がっくり膝を折り　立ち上がれずにいる僕を振り返り

喚《わめ》いているかの女の　しわがれ声
　——この世のものとも思えない……
「いきが　くるしい……
あんたは　くそ坊主！　あんたなんか
糞食らえ　だ……」
天に向かって叫んでは
　懼《おそ》れにかられ　両腕を振り回す
声はつぶれ　しまいには　瀕死の喘《あえ》ぎにかわり
喉を締め上げようと　両手を突き出したかと思うと
　そのまま　くずおれた

発作に呼吸《いき》を詰まらせ　のたうちまわるミミズの切れっ端❖[14]

仮面《ルー》のレースに噛みつき　食いちぎる
　――レースを引っ張ってやらないと……
かの女の方に身をかがめると
暴れまくったからだは奥の毛まで　剝《む》き出しになっている❖15
いまや　かの女の裸体《はだか》は　意味の欠如と同時に
　死女の衣にそなわる　意味の過剰を孕《はら》んでいた
マダム・エドワルダが閉じこもった　この上なく奇妙で
この上なく不安をかき立てる　沈黙――
かの女の苦しみと　通じ合う術《すべ》は　もはやない
　――この出口なし
空の虚ろにおとらず　荒涼として悪意に充ちた　このこころのやみに
　僕は吸い込まれていった
魚のように跳ねあがる　かの女の軀《からだ》

陰険な顔に現れた　ぞっとする憤怒が
僕のいのちを　燠《おき》となるまで燃やし尽くし
　嫌悪すらをも　打ち砕いた

（説明させて欲しい。僕がマダム・エドワルダのことを**神**だと言ったからといって、皮肉ととられてしまっては何にもならない。だが、**神**が売春宿の娼婦であり、しかも狂っているということ[16]、たしかにこれは正気では考えられないことだ。せいぜい僕の悲嘆を嘲笑《わら》い種にしてもらえれば上出来だ。僕のことばは、心に不治の疵《きず》を負ったものにしかとどきやしない。癒《い》えることなど思いもよらないきず……このきずを負った以上は、ほかのきずで《死ぬ》ことなど、いったいどんな人間が受けいれるだろうか？）

――取り返しがつかない……
エドワルダの傍らに跪《ひざまず》いていた　あのよる
明瞭な意識が　僕の血を凍りつかせていた
　ペンを執るいまに劣らず――
かの女の苦悩は　僕にあっては　矢の真実のようなもの
矢が　心臓に達することは分かっている　が
　――死ともどもだ
空無を待ちこがれつつ　かすの意味しかない　残りものにかかずらって
　いたずらに　生を長引かせている自分……
これほどの沈黙のやみを前に
僕の絶望に　飛躍があった
エドワルダの痙攣《けいれん》は　僕をわが身から引きはがし
やみの冥府へと　投げ出していた

罪人を死刑執行人の手に引き渡すように　情容赦なく

極刑を定められ　果てしなく待たされたすえに　白日のもと
おぞましい現実を見ることになる　まさにその場所にたどりつくや
手はずがととのっている様子が　目に灼《や》きつく
心臓は　はり裂けんばかりに動悸を打ち
先ゆき限られた目に　ものも　人の顔もそれぞれに
重苦しい意味を纏《まと》ってうつり　こぞって万力で締め上げる
もはや　逃れるべき時は　失われた
地面をのたうちまわる　マダム・エドワルダを見た時に　僕は
これにまさるとも劣らない　没我の境地に吸い込まれていった
だが　わが身に起こった変化は　僕を閉じこもったままにしてはおかなかった

エドワルダの災厄が　僕を向き合わせた地平は
　苦悩の的《まと》同様　遠ざかっていった
　　――苦しみ　引きつりながら
身うちに　ちからが突き上げてくるのが分かった
下劣になって　自分自身を憎みさえすればよかったのだ
めくるめく滑落に　自らを見失った先に
　不感不動の領野がひらけていた
もはや悩みや欲望など　問題ではない
熱で干上がった恍惚が　ここ――
止まることの　まったくの不可能から　生まれていた

（ここではだかにならなければいけないのなら、ことばを弄《もてあそ》んだりまわりくどい言い回しに頼ったりしていては期待外れになる。僕の言うことからことばの服を脱がせ、姿かたちをはぎ取ってはだかにしてくれる人がひょっとして誰もいなかったら、書いても無駄だ（それに、僕にはとっくに分かっている。僕の努力は、まるでのぞみがないということが。僕の目を眩《くら》ませる――そして打ちのめす――雷光が盲《めしい》にするのはおそらく僕だけなのだから）。❖17 とはいえ、マダム・エドワルダは夢想が生んだ幻などではない。現に僕のハンカチは、かの女の汗でぐっしょり濡れている――。ここまではかの女が連れて来てくれた。今度は僕の番だ、僕が案内したい。この本にはこの本の秘密がある。その秘密については、口を噤《つぐ》まなければなるまい。どんなことばも、はるかにおよばない秘密だ）。

発作はついにおさまった

少しの間　痙攣《けいれん》が尾を引いていたが

　先刻《さっき》の激しさは　影をひそめ

呼吸《いき》がもどり　表情は和らぎ　もはやぞっとさせるものはない

僕は疲れ果て　少しの間　車道にかの女と並んで横になった
かの女に　自分の服をかけてやる
大通りのタクシーのりばは　すぐそこだ
　――かの女は重くない　抱いていこう
両腕に抱えると　ぐったり動かない
時間がかかる　三度も足が止まる
やがて　意識を取り戻したかの女――
タクシーのりばに着くと　自分で立とうとする
一歩踏みだし　ぐらっとする
支えてやり　そのままタクシーに乗り込んだ
弱々しい声が　言う
「……まだ……待つように言って……」
運転手に車を出さないように頼む

疲労困憊して車に乗ると　そのまま倒れ込んだ
　——かたわらには　エドワルダ

マダム・エドワルダ　運転手　僕——
押し黙って座ったまま　身動きもせず
　ながいあいだ　じっとしていた
　——あたかも　車が走っているかのように
「中央市場《レ・アール》❖18にやるように言って！」
やっとエドワルダが言う　僕が運転手に伝え　車が動き出す
暗い通りから通りへと　運ばれていく
エドワルダがドミノの紐をほどき
　——落ち着いて　ゆっくりと……

ドミノがするりと落ちる　仮面《ルー》はもうつけていない
ボレロをはぎ取り　低くひとりごちた
「けものと同じ
は　だ　か」
仕切りガラスを叩いて車を止め　車から降りると
運転手に触れんばかりに近寄って　声をかける
「ほら……こんなにはだかよ……さあ」
微動だにせず　けものをじっと凝視《みつ》める運転手――
離れていきながら　片脚を高々と上げ
　割れ目を見せようとする　かの女――
男は無言のまま　急ぐでもなく　運転席をおりた
がっしりした体軀《く》の　無骨者――
エドワルダは　男にからみつき

　唇をとらえ　片手は下着をまさぐっている❖[19]
男の両脚からズボンをすべり落として　さそう
「さあ　車にのって」

運転手が乗ってきて　僕の傍らに座った
あとにつづいたかの女　運転手に跨《また》がると
待ちきれないように　片方の手で　運転手の一物《いちもつ》を自分のなかに突っ込む❖[20]
　――ぐったりしたまま　目を凝《こ》らす　僕
ゆっくりした　目をあざむく腰の動きから　かの女が
　鋭い快楽を引き出しているのが　ありありと見てとれる
相手は全身で　荒々しく　かの女に応《こた》えている
ふたりの人間の深奥で生まれ　剝《む》き出しにされた交わりは

　徐々に　失神を呼ぶ過剰へと達し……
息も絶え絶えに　ひっくり返る　運転手
　――車内灯を点《つ》ける
背筋まっすぐに　はたらき手に馬乗りになったエドワルダ――
のけぞった頭から垂れ下がった　髪
うなじを支えてやり　見ると　白目を剝《む》いている
僕が支える手の上で　こわばり　緊張で喘《あえ》ぎ声が激しくなる
黒目がもどり　一瞬　おさまったかに見え
　僕を見た　その時
僕は分かった　この眼は
　――不可能からもどるところなのだ　と
かの女の奥底に　目も眩《くら》む　不動のものが見えた
かの女をたっぷり潤した洪水が　みなもとから

今度は涙となって　迸ばしり出る❖[21]
　両の眼から　とめどなく流れ落ちる　涙
情欲の死に絶えた　この眼——
曙光《オーロラ》の　冷ややかな戦慄を放つ透明さのうちに　僕は
　——死を読みとった
すべてが　この世のものならぬ眼差しのうちに　結びついていたのだ
　剝《む》き出しの　ふたりの肢体《からだ》❖[22]
　肉を押し開いた指
　僕の煩悶
　唇が覚えている　よだれの味わい
盲《めくら》滅法　死へと滑り落ちていく　この動きに
　——一役買っていないものは　ない

エドワルダの愉悦　清らかな噴水は
かの女のなかをいきおいよく流れ　胸を突き破らんばかりに
　延々と　異様に長くつづき
官能のうねりは　かの女の存在を　栄光に耀かせ
かの女の裸体《からだ》を　いっそう剝《む》き出しにし
　かの女の破廉恥を　いっそう恥ずべきものにして止まない
えも言えない　鳩の鳴き声に
うっとりとゆだねられた　からだとかお
　穏やかな表情に浮かぶ　くじけたほほえみ――
かの女は　不毛の奥底にいる僕を見た
悲嘆のどん底にいて　僕はかの女の悦《よろこ》びが解き放たれ
どっと迸り出るのが　分かった

焦がれたはずの　快楽に
　僕の煩悶が　邪魔立てした
苦悩にみちたエドワルダの快楽が　僕に味わせた
　精根尽き果てる　奇蹟の感覚――
僕の悲嘆も　興奮も　たいしたものには思えない　だがそれでも
これこそが　僕のなかで唯一　かの女の恍惚に応《こた》えうる　崇高なもの――
無情な沈黙の底で　僕が
　《僕のいとしい女《ひと》》と呼びかける　かの女の……
最後のわななきが　ゆっくりとかの女をとらえ
汗を吹き出したままのからだが　だらりと伸びた
ことが済んだ運転手は　タクシーの奥にころがっている
僕は　相変わらずエドワルダのうなじを支えていた手をはずし
　からだを横にしてやり　汗をぬぐってやる

どんよりした眼をして　されるがままの　かの女――
あかりを消すと　子供のように　なかば眠りかける
眠気は間違いなく　みなに　ひとしなみに重くのしかかっていた
エドワルダに　運転手に
――そして　僕に……

（このまま続けるかって？　そうしたいと思っていたが、もうどうだってよくなった。興味がなくなったのだ。僕は、いざ書く段になると重苦しくのしかかってくるもののことを言っているのだ。すなわち、すべてはばかげているのだろうか？　それとも何か意味があるのだろうか？　考えるほどに気が滅入る。朝、目覚める――何百万の人間同様に――女や男、赤ん坊や年寄りと同様に――、永久に雲散霧消する眠り……。[❖23]僕自身の、そしてこれら何百万の人間の、僕らの目覚め。一体これには意味があるのだろうか？　隠れた意味が？　もちろん秘められた意味だ！　だがもし、意味のあるものなど何もないと言うのなら、何をやっても無駄だ。退散しよう。いんちきな手を使って。あきらめて無意味に身売りすべきなのだろう。僕にとってこの無意味というやつは、僕を責め苛み、命を奪う死刑執行人なのだ。微塵の希望もない。だが、もし意味があるとすれば？　今日のところは、そんなものは知らない。明日になれば？　僕が何を知っていると言うのか？　僕は《僕の》業苦以外の意味など思いもつかない。《僕の》業苦ならよく知っているが。そしてさしあたっては無意味だ！　無意味氏が書く。彼は自分が狂っていると心得てる。恐ろしいことだ。だが彼の狂気、この無意味が——突然《真剣》になったのなら——これこそまさに《意味》なのだろうか？（いや、ヘーゲルなど、一人の狂女の《神格化》などには関係ない……）。僕の生は、僕が生を欠くという条件でしか意味がないのだ。僕が狂っているという条件でしか。分かる者は分かるだろう、死に瀕した者は分かってくれるだろう……。人間存在はこうして在《あ》るのだ。理由も分からず、寒さに震えたまま……。はかり知れないもの、夜闇《やみ》に囲まれ、《知らないでいるため》に……彼はわざわざそこに在《あ》るのだ。だが、**神**は？　神についてはどう言われるのか？　能弁家諸君、篤信家諸君？　――神は、少なくともご存じなのだろうか？　**神**は、もし《知っている》なら豚野郎だ。*主よ（僕は悲嘆にくれて《僕のいとしい女《ひと》》に訴えるのだ）、私を自由にして下さい！　奴らの目をつぶして下さい！この物語《レシ》、続けようか？）

――お終《しま》いだ
僕たちをつかの間《ま》　タクシーの奥に放っておいた眠りから
　僕は滅入った気分で　最初に目覚めた
あとは　皮肉《イロニー》だけだ

死を待つこと
——いつまでも……❖24

註記

＊　僕は言った、「神は、もし《知っている》なら豚野郎だろう」と。理念をとことん極めつくすような人間がいたとして（その時彼は、身体もろくに洗わず、《髪はぼさぼさ》だろうと思うが）、はたして彼は人間的だろうか？　かなたへ、すべてのかなたへ……、そしてもっと遠くへ、さらに遠くへ……。**彼自身**、空虚の上で恍惚となっている……。だがいまは？　**僕は顫えている**。

訳註

『マダム・エドワルダ』には本訳書原典であるポヴェール一九六六年版に先行して、いずれもピエール・アンジェリック作と偽ったソリテール一九四一年版、同一九四五年版と、ポヴェール一九五六年版が存在する。また『マダム・エドワルダ』は、全一二巻からなるガリマール版『ジョルジュ・バタイユ全集』第三巻、およびガリマール・プレイヤッド叢書版『ジョルジュ・バタイユ小説《ロマン》と物語《レシ》』に収録されており、それぞれの註解頁には異稿が紹介されている（*Œuvres complètes,*（以下*O. C.*と略記）, *tome III, op. cit.*, pp. 7–31 et pp. 494–495, *Romans et récits, op. cit.*, pp. 313–339 et pp.1133–1134）。全集版、プレイヤッド版両版に取り上げられている異稿の数および内容には若干の異同があり、本訳註にその点も明らかにして記した。また、ソリテール一九四一年版と一九四五年版本文の内容に違いはなく、ポヴェール一九五六年版と一九六六年版本文の内容にも違いはない。ソリテール二版とポヴェール二版の内容については、両者の間にそれ程大きな差異はないとする見解もあるが（プレイヤッド版註解）、実際に照合してみると、見逃すことのできない修正の跡が認められる（ソリテール版はBnF所蔵本による）。作品全体の流れは変わっていないものの、ソリテール版では全体がポヴェール版のように三つのブロックに分けられてはいない。また内容の変更についても、語の言い換えは夥しい数にのぼり、文章単位の改変も見られ、その結果直截的だった表現がよりシンプルで抽象度の高いものになっているケースが多い。句読記号、動詞の時制にも細かく手が入れられているなか、目立った変更としては読点の追加と削除が挙げられ、特に前者は後者の倍ほどの数にのぼっている。句点をコロンに置き換えている例も多い。時制に関しては、単純過去と半過去の入れ替えがかなり見られる。全体的に見た場合、これらの改変によって文章にリズムが生まれ、インパクトが強まる効果が得られているように思われる。細かい点では、エドワルダの呼称が「彼女」・「エドワルダ」から「マダム・エドワルダ」に変えられている箇所が複数あり、一層強い印象を与えるようになっている。ソリテール版からポヴェール版への内容に関わる変更の主なものを、ポヴェール版の異稿とあわせて本訳註に記した。ポヴェール版で異稿とされているもののなかにはソリテール版の内容と重なるものも含まれている。

本訳註には、ほかに本文中のいくつかの語に関する説明も含めた。

また本訳書原典には、本文中に句読記号の誤植一ヶ所（七三頁）、本訳書原典および全集版の序文に句読記号の誤植二ヶ所（それぞれ一九、二六頁と一二頁）があるが、いずれもプレイヤッド版では正されている。

なお序文と巻頭文、およびそれぞれの異稿については、「訳者解説」中の「序文と巻頭文」の項を参照されたい。

※異稿に関する註については、ガリマール全集版、プレイヤッド版のいずれに収録されている異稿であるかを明示し、ポヴェール版の決定稿と部分的に異なる異稿については、異なる部分を傍線で示した。また各文中の［　］内の部分は、バタイユ自身による削除箇所を示す。

❖1　プレイヤッド版のみに収められている異稿では、冒頭部分は「麻痺した顔をゆがめたまま立ち尽くしていた。ポワソニエール通りのはずれの大通りにきていた。僕ははやる気持ちでいた。とりわけ不可能になりたかった。おぞましく、卑劣でありたかった」となっている。

❖2　「鏡の館（"Les Glaces"）」は、金色の鏡を張り巡らせた部屋で有名だったブロンデル街の娼館がモデルと言われる（*Romans et récits, op. cit.*, p. 1134）。

❖3　ガリマール全集版に収められた異稿では、この部分以降、「かの女は僕の傍にきて座った。ボーイが注文を取る僅かな間にも、僕はすでにマダム・エドワルダを両手に抱き締めていた。かの女は僕に抱きつき、二人の唇は［削除：引き裂かれた旗より深い］ひきつるような接吻に絡み合った。男と女でびっしり埋まった広間は、接吻の痙攣が続く砂漠だった」となっている。これに続く部分は、全集版、プレイヤッド版に共通して収められている異稿によると、「僕のなかで何かがガラスのように壊れ、僕はズボンを濡らし、僕が両手で［削除：尻を抱きしめていた］女陰を開いていたマダム・エドワルダも、同時に刃で一気に貫かれ……大きく見開かれ白目を剝いたかの女の目に懼れがやどり、喉からはしずかな呻き声が漏れた」となっている。

❖4 この部分は、全集版収録の異稿では「だがもっと単純で、決定的なことだったのだ」となっている。

❖5 この中断符の部分は、ポヴェール版の決定稿では改頁されて一〇行、再び改頁された頁に二行続いたあと、三行目の途中から文章が続くかたちになっているが、ソリテール版では改頁されずに中断符が始まり、八行続いたあと、九行目から文章が始まっている。

❖6 全集・プレイヤッド両版に共通して収録されている異稿では、この部分は次の様になっている。「だが、鏡の祝祭から虚空のめまいがすべり出て、わずかな動きごとに僕たちを完全に追い払うのだった」。

❖7 「黒いマント（ドミノ“domino”）」は、一八世紀、仮装舞踏会で着用された頭巾付きガウンのこと。

❖8 「仮面（“loup”）」は、黒のサテンやビロードで作られた仮装舞踏会用の仮面。「レース（“barbe de dentelles”）」は、婦人帽につけられた帯状に垂れ下がった飾りのことで、ここでは仮面についているレースをさす。

❖9 このあとに続く文章として、全集版、プレイヤッド版に共通して次の異稿が収録されている。「かの女は言うのだった。「私は売春宿の女よ。でも**神**は自由なのよ」」。この異稿の持つ意味は大きいように思われる。「神は自由」の部分の削除には、説明を廃そうとする意図が感じられないだろうか。

❖10 この女中に関するくだりは、ソリテール版にはない。

❖11 フランス語の"loup"が仮装舞踏会用の仮面と狼の両方をさすことから、狼の髭のように垂れ下がったレースの飾りのついた仮面を被ったエドワルダを狼にたとえたもの。

❖12 全集版、プレイヤッド版の両方に「そして僕は一瞬、かの女はもはや空っぽのひらひらする黒マントでしかないと確信した。なかは喪のように暗く、同時に笑いのように虚ろな」という一節が異稿として収録されているが、いずれも「余白に書かれている」とあるだけで、場所の指示はない。訳者が内容から判断して一応場所を決めたものだが、勿論、ほかの場所の可能性も考えられる。

❖13 「穹窿(“voûte”)」は丸みをつけた天井のことで、一般に穹窿状をしたもののこともいい、ここではサン・ドニ門のアーチをさす。

❖14 この部分は、プレイヤッド版にある異稿とソリテール版に共通して「発作に呼吸を詰まらせ地面に身をよじる」という表現になっている。

❖15 このあとに「ボレロから突き出した乳房、平たく青白い腹、ストッキングの上に開いた毛に蔽われた割れ目」という一文が、全集版、プレイヤッド版両方に収録されている異稿およびソリテール版に共通してあるが、ポヴェール版の決定稿では消えている。

❖16 「これは哲学では筋道が通らないことだ。私がここで言ったことはほかの言い方では言えないだろうということ、それだけだ。ここで笑う人は僕の苦悩を察するだろう。笑いたいという彼の欲求は、僕を非情さ（これは厳しく遂行されなくてはならない）に委ねる。非情さは物語が正確であるように命ずる。問題となっているもの――それは酸が金属を溶かすように生を蝕む――」（強調バタイユ）。全集版、プレイヤッド版共に収録されている異稿ではこのようになっている。ポヴェール版の決定稿でははるかに簡明になっていることが分かる。

❖17 ソリテール版にはこの括弧内の部分はなく、続く文章は、「エドワルダは」で始まっていた。

❖18 「レ・アール（“Les Halles”）」は、かつてパリの胃袋と呼ばれた中央卸売市場のこと。一九六九年、ランジスの中央市場の開設に伴い廃止され、現在は大型駅と地下モール「フォーラム・デ・アル」になっている。

❖19 全集版収録の異稿とソリテール版に共通する表現は「長くて固い一物（“le membre”）を引っ張り出し」であった。

❖20 全集版収録の異稿とソリテール版共通の表現は「固い品物（“le nœud”）を自分の穴に突っ込んだ」。ポヴェール版の決定稿の原文ではこの部分は、直訳すると「運転手（“le chauffeur”）を」となっている。

❖21 この部分、プレイヤッド版収録の異稿とソリテール版では「かの女を貫いた乳色の噴射、みなもとから流れ出て、かの女を悦びに浸した大噴出」となっている。

❖22 ここはソリテール版では「長い男根、繊細な肉を拡げる太い指」とされていた。

❖23 ソリテール版は、「この何百万ものこの眠りは意味がないのだろうか？　隠れた意味があるのだろうか？（中略）この無意味というやつ、こいつは人間にとってわが身を責め苛み、命をもねらう死刑執行人だ。もはや微塵の希望もない」。ポヴェール版の決定稿では、この部分の冒頭、「この何百万もの」の前に「僕自身の」が加わり、続く「人間にとって」が「僕にとって」に変わっていることが注目される。これは本文に先立つ二つ目の巻頭文の冒頭近くで、ソリテール版、および全集版とプレイヤッド版の両方に収録されている異稿では「至高者（"le souverain"）」とされていたものが、決定稿では「僕の至高性（"ma souveraineté"）」に変えられている事実に呼応すると思われる。

❖24 本文ラストは、ソリテール版がピリオドで終わっているのに対し、ポヴェール版の決定稿では中断符に変えられており、後述「訳者解説」で触れる『マダム・エドワルダ』の続編と考えられている『わが母』があることを示唆していると思われる。

訳者解説

「まぎれもなく今世紀（二〇世紀）もっとも重要な作家のひとり」（ミシェル・フーコー）と言われたジョルジュ・バタイユの膨大な作品群が今日なお読まれ続け、影響力を失わずにいるのであれば、その根拠はどこにあるのだろう？　混沌とした現代同様、混沌を極限まで生きたバタイユの慧眼はどのような射程を持ちうるだろうか。

一九九八年、『現代（*Les Temps Modernes*《レ・タン・モデルヌ》）』誌バタイユ特集号巻頭での編集長クロード・ランズマンとの対談でミシェル・ドゥギーは、バタイユはその「足の親指」の記事に見られるように、物事の驚くべき特異性を無媒介に思考することにおいて詩人であり、「ヒロシマ」の出来事をポトラッチについて語るように語ろうとすることにおいて預言者であると述べている。[1]　バタイユにあって、人間を動物から区別するのは死への恐怖だった。バタイユのポエジーの原点は死を見据えることにある。バタイユはヒロシマのおぞましさに思いを致し、至高の感性の瞬間について考えることによって生のかたちを最悪のレベルにまで高めようと呼びかける——[2]、まさしく『マダム・エドワルダ』において追求された究極の逆説である。

バタイユは彼の逆説をどのように展開していったのか、預言者バタイユが『空の青み』に書きとめた人類の恐怖の予感は、今日なお現実性《アクチュアリティ》を失っていない。❖3

第一節　『マダム・エドワルダ』作者とタイトル

『マダム・エドワルダ』について語るに際してまず触れておかなくてはいけないのは、本訳書原典巻頭に掲げられた「刊行者覚書」からも分かるように、『マダム・エドワルダ』が作者名およびタイトルそれぞれに関して韜晦《とうかい》と模索の経緯《いきさつ》を持つ複雑な成り立ちの作品だということである。まず作者名については、いまでは周知の事実であるが、『マダム・エドワルダ』の作者は当初ジョルジュ・バタイユとされてはいず、一九四一年と一九四五年にパリのソリテール社から地下出版された版、および一九五六年刊行のジャン＝ジャック・ポヴェール社初版の著者名はピエール・アンジェリックであり、このポヴェール版で本文の前におかれた序文の筆者として初めてジョルジュ・バタイユの名前が登場したのである。ちなみにポヴェール初版の序文の前には、ポヴェールによるフランス検閲事情に関する長文の「刊行者覚書」がおかれており、暗にこの間の事情を説明する役割を果たしている。偽名の裏に隠された事実が明らかになるには、バタイユ没後一九六六年刊行のポヴェール新版（本訳書原典）の「刊行者覚書」を待たなければならなかった。この版では表紙の表記を初めとして作者はすべてジョルジュ・バタイユとされており、偽名ピエール・アンジェリックは一切使われていず、その一方で序文のバタイユの署名はそのまま残されている。[4] 偽名の使用は『マダム・エドワルダ』に限らずバタイユ作品に馴染み深い事柄であり、処女作『眼球譚』におけるロード・オーシュ（便所の神）に始まり、ルイ三〇世、トロップマン、ディアヌスなど、それぞれ独自の意味合いを込めて使われている。[5]

†

一方タイトルに関しては、それぞれの版において扱い方は異なるにしても、いずれも『マダム・エドワルダ』だけでなく、ラテン語で「聖なる神」を意味する“*Divinus Deus*《ディウィヌス・デウス》”が、時には本訳書原典扉のように『マダム・エドワルダ』に先行しておかれている。またポヴェール初版では本文が終わったあとに再び『聖なる神』と記された頁が現れ、この物語が続いていることを示唆している。[6] 複数のタイトルを持つことは、バタイユが常に個々の作品を他作品と組み合わせた連作のかたちにまとめて体系化しようとする意図を持っていたことによる。『マダム・エドワルダ』を含む連作の構想にもいく通りかの案が残されているが、最終的なかたちというものはない。前出「刊行者覚書」に、『わが母』に付す予定の序文で連作の構成案について説明する旨予告されているが、[7] それによると、草稿中にタイトル案が見つかっており、それには最初にピエール・アンジェリッチと書かれ、次行に「マダム・エドワルダ」、そのあとにⅠ「聖なる神」、Ⅱ「わが母」、Ⅲ（空白）、「このあとに「エロティシズムに関する逆説」が続く」となっていてジョルジュ・バタイユの署名で終わっている。空白と書かれている部分にはポヴェールによる註がつけられ、「間違いなく「シャルロット・ダンジェルヴィル」が入るものと思われる」とされている。『わが母』の序文にはさらに、今回刊行する『わが母』では総タイトルを別の草稿にもとづいて『マダム・エドワルダ』から『聖なる神』に変えていること、各テクストには夥しい数のノートと異稿が残されていることが記されている。[8] 一方ガリマール全集第四巻におさめられた全体の構成は、『聖なる神』の総題の下に、第一部「マダム・エドワルダ」、第二部「わが母」、第三部「シャルロット・ダンジェルヴィル」、付録として「聖女」となっており、註に「エロティシズムに関する逆説」を含む別の草稿が紹介されている。なお、『わが母』は未完であり、『シャルロット・ダンジェルヴィル』は冒頭部分が残されているのみ、『聖女』には題名がなく、『エロティシズムに関する逆説』は草稿が残るのみである。[9]

第二節　序文と巻頭文

『マダム・エドワルダ』序文は、一九五六年ポヴェール初版のピエール・アンジェリック作とする本文にバタイユ名で付されたものである。この序文は翌年、若干の修正が加えられてエディション・ド・ミニュイ刊『エロティシズム』の巻末結論の前に第七論文として掲載されており、バタイユがこの序文に付与した重要性が推測される。❖10

『マダム・エドワルダ』序文の本文に対する関係には、多分に両義的な側面がある。ごく短い本文に比してかなり長大かつ晦渋なこの一文は、序文の筆者ジョルジュ・バタイユによる作者ピエール・アンジェリックに対するコメントのかたちをとっており、ミスティフィケーションを目的とした偽名の使用を上書きする結果になっている。『マダム・エドワルダ』はそれ自体完結した哲学詩とも名づけられる作品であるが、凝縮されたその内容を一読して掴むことは難しく、序文は極めて抽象度の高いこの作品を思想的に読み解く役割を担っているとも言える。その一方でバタイユ自身が序文のなかでいみじくも言っているように、本来の作者が偽名に隠れてこの絶好の機会を利用して自説を展開しているのも事実である。この序文は時期的には本文にあと付けされたかたちであるが、その内容は本文と密接に関連しており極めて重要な意味合いを持っている。エグゼルグにヘーゲルの一節が掲げられていることが象徴するように、[11]ここにはバタイユのヘーゲルへの傾倒、およびその後の葛藤と乗り越えに向けた苦闘が色濃く反映されているだけでなく、序文の中心概念はヘーゲルのジンテーゼに関する考察から生まれていると考えられる。[12]ここで述べられているピエール・アンジェリックの願望、すなわち破廉恥に、卑劣になり、忌まわしいものに没入することによって恍惚《エクスタシー》の瞬間に達しようとする願いはあくまでも逆説的である。そして本作最大のパラドックスは神が娼婦であることであり、賭金はエロティシズムである。ここにおいて存在はおぞましさのなかに投げ出され、おぞましさ相手に恐るべきダンスを踊るしかない。リズムはシンコペーション。これ以上ない責め苦の果てには存在の勝利が見出される——。 バタイユはヘーゲルをシンコペイトしているとも言われるが、[13]『マダム・エドワルダ』序文はヘーゲル哲学に亀裂を入れようとしていると言える。序文の構想が生まれた一九五五年は、バタイユのヘーゲル回帰の年とする見方もある。[14] ヘーゲルの名前は、序文のエグゼルグから遠く離れた本文結び近くのモノローグ部分、「ヘーゲルなど、一人の狂女の《神格化》などには関係ない」というセリフのなかに再度見られる。

ところで『マダム・エドワルダ』序文には草稿が残されており、ほとんど決定稿には使われていないこれらのばらばらな一四枚の草稿はいくつかの興味深い内容を含んでいる。[15] たとえば草稿の一つでバタイユは、著者ピエール・アンジェリックの執筆意図に疑問を呈し、そもそも意図など持っていないのではないか、と皮肉な調子で述べている。また別の草稿では、プラトン、仏陀、イエス、ヘーゲル、ニーチェの名前を列挙したあとで、「だがアンジェリックの場合には消滅がある（老子のように）」と書きつけている。バタイユと中国について語られることは少なくないが、バタイユの文中に老子の名前が挙げられていることは興味深い。また序文の決定稿中には「無」の語が頻出するほか、「自分を消し去る能力」、「存在と死は同じ」などの表現が見られ、こうした概念は老子、荘子に親しいものである。さらに本文原註に出てくる「理念を極めつくす」、「髪はぼさぼさ」と言われる人物は、『荘子』のエピソードに登場する老子を彷彿とさせもする。[16] プレイヤッド叢書版註解の序文草稿の解説は、草稿にあった至高性についての記述が決定稿では姿を消している件に関して、これは一九四〇年当時の神秘思想への関心が大戦後には過剰の概念とエロティシズムへと移行していることによるものとしている。[17]

†

『マダム・エドワルダ』には、本文の前に一頁に一つずつ、二頁続いて頁中央に配された巻頭文があり、一つ目は序文と同じイタリック体に組まれ、二つ目はすべて大文字で組まれており、いずれも読者の目を惹くかたちになっている。[18] 読者に呼びかけるかたちの一つ目の巻頭文は強い調子に終始しており、架空の著者ピエール・アンジェリックをさしおいてバタイユ本人が直接読者を説得しにかかっているかのようである。[19] ここでバタイユが求めているのは、この本がほかならぬ呼びかけている相手、すなわち読者について書かれたものであると読者自身が気づくことである。

二つ目の巻頭文では、本文冒頭にも現れる“angoisse”（不安・煩悶）の語にまつわるエピソードが暗喩のかたちで語られている。“angoisse”の語は、話者／主人公と不可分のかたちで本文中に繰り返し現れ、物語《レシ》全体を貫く通奏低音となっている。ところでこの二つ目の巻頭文には異稿《ヴァリアント》が見つかっており、それは次のようになっている。

唯一絶対の王位についた煩悶。
もはや王ではない至高者は街中《なか》に隠れ、
悲嘆を蔽い隠す静寂に取りまかれ
恐るべきものを待ちかまえて身を潜める。
ところがその悲嘆は嘲笑となって
一切を吹き払うのだ❖[20]

異稿（ソリテール版）から決定稿で変わっているのは最初の三行で、四行目以降は句読記号以外はほぼ同じである。前半の異同で重要なのは、異稿の主語「至高者（"le souverain"）」が決定稿では「僕の至高性（"ma souveraineté"）」[21]となって男性名詞から女性名詞へと変わっていることであり、この改変によって本文で神を名乗る娼婦エドワルダの存在が予告されるようになっている点であろう。異稿の「至高者」に関しては、当時バタイユが熟読していたジェイムズ・G・フレイザーの『金枝篇』中の「森の王」・ディアヌスにその原形を認められることが指摘されている。[22] 先王を殺して王位に就いたディアヌスの宿命は、「恐るべきもの」、すなわち今度は自分を殺して王位を奪う者を待ち受けることである。「森の王」は、このような自らの悲劇を哄笑によって吹き払うしかない。「私は森の王、ゼウス（ディアヌス）、犯罪者だ」という『有罪者』の一節が示すように、バタイユはこのネミの森の王にして祭司であり、女神ディアナに仕える神話中の人物の宿命を自らのものとするかのように、『有罪者』のなかでディアヌスを作者の偽名に、「森の王」を章のタイトルに使っている。[23] さらに物語《レシ》『不可能なもの』では、第一部が「鼠の話（ディアヌスの日記)」、第二部は「ディアヌス(アルファ師の手帖から)」とされている。[24]ディアヌスを苛む罪の意識は、一方で何ものにも服従しない至高者としての自負でもあり、その矛盾と葛藤はバタイユのエクリチュール全体を重く蔽うことになる。一九三八年二月一九日、バタイユは自らが主催する社会学研究会でおこなった講演でディアヌスを示唆する内容を語っており、この聖なる存在にして身代わりの山羊でもある森の王は、共同体の中央に穿たれた空虚な穴として考えられていたことが分かる。[25]ディアヌスは、『マダム・エドワルダ』、『有罪者』、『不可能なもの』各作品を繋ぐことで、バタイユ作品の顕著な特徴である間テクスト性《アンテルテクチュアリテ》の好例ともなっている。

第三節　バタイユのポエジーと『マダム・エドワルダ』

バタイユの著作は思弁的な内容のもの、小説《ロマン》、物語《レシ》、詩と多岐にわたっており、バタイユはその膨大な作品群について生涯にわたって体系化のための努力を続けていた。[26] その意味ではレーモン・クノーが、バタイユはあれ程までに異質《エテロジェーヌ》なものについて考察をめぐらせたにもかかわらず彼の作品は奇妙なまでに同質《オモジェーヌ》的だと言ったのは、バタイユ作品の一面を言い当てている。[27] だがバタイユのエクリチュールに関しては逆のことも言えるのである。と言うのは、たとえば社会学的探求の集大成と言える『呪われた部分』のなかでポエジーについての議論が展開されている一方で、『マダム・エドワルダ』においては途中挿入されるモノローグによる思弁的エクリチュールが物語《レシ》を侵犯しており、さらに『マダム・エドワルダ』と同時期に書かれた思弁的著作『内的体験』の文中に突然詩が現れるというように、一つの作品中に異質《エテロジェーヌ》な表現が共存するかたちはバタイユ作品に典型的な特徴と言えるからである。二〇〇四年ガリマール社のプレイヤッド叢書からバタイユの作品群のうち小説《ロマン》と物語《レシ》だけが抜き出されて出版された時、ドゥニ・オリエが書いた序文は、バタイユの「ハイブリッド」な著作がこのようなかたちで出版されるのは何故か、という文章で始められている。[28] バタイユ作品が異質《エテロジェーヌ》な要素を内包することは、場合によっては作品の整合性を弱めたり完成を妨げたり、時に創作プランの増殖を生む結果になっているのも事実である。[29] このような複雑な構成を持つバタイユ作品において、一貫して重要な意味を担っているのがポエジーであり、バタイユはあらゆるかたちのエクリチュールを通じてポエジーを追求したと言える。この場合のポエジーとは、「詩は哲学の発端であり終りである」[30]というヘルダーリンの一言に要約されるような、思考と切り離せない性質のものである。バタイユは『マダム・エドワルダ』序文で、極度の苦悩は極度の快楽と同じであり、その一致の瞬間、存在は死の展望のうちに過剰というかたちで凌駕されると言っているが、この発想は、マルセル・モスを介してバタイユが通暁していたポトラッチおよび無尽蔵の消費と供儀の概念に出自を持つものである。そこに見られるエコノミーの考察からバタイユは、「ポエジーは言葉を生け贄とする供儀である」[31]

という定義を導き出している。極限を目指すポエジーは、究極的に「非 - 知」に触れなければならない。さもなければそれは単なる「美しい詩」でしかないのであり、そういう詩をバタイユは憎むのである。詩に関するこのような考察からは、物語《レシ》『詩への憎しみ』が生まれている。[32]

†

『マダム・エドワルダ』本文の原文は二八の不揃いな長さの散文のブロック(中断符のみからなる一つを含む)からなっており、各ブロック間は均等な余白によって埋められ、改頁によって全体が三部に分かれるかたちになっている。[33] 原文は極めて密度の高い独特な文体による詩的散文であるが、いわゆる散文詩とも趣を異にする。たとえばここで一つの例として、散文詩の古典、ボードレール晩年の『パリの憂愁』を『マダム・エドワルダ』と比較してみた場合、その特異性は際立って見える。『パリの憂愁』は五〇篇の散文詩からなるが、その冒頭の詩「異邦人」の始まりは次のようになっている。

——君は一体誰が一番好きなんだ、え、謎のような男よ?

そして次の一節で終わる。

——僕の好きなのは雲さ……。流れていく雲……あそこを……あそこを……あの、素晴らしい雲なのさ![34]

ボードレールが艱難辛苦の末に「何等かの新奇なものがある[35]」と信じて世に送り出したという散文詩集は、右に挙げた文章に見るように、『マダム・エドワルダ』と違って一見ごく普通なかたちを取っている。ここで詩一般ということからバタイユ作品を見てみると、自由詩のかたちの作品もかなりの数残しており、そのうちの一部は『ラルカンジェリック（*L'Archangélique*）』、『ルイ三〇世の墓』などのタイトルのもとにまとめられている。なかには、前節でも触れたように散文中に詩が唐突に侵入してエクリチュールの整合性を乱している作品も少なくなく、このようないわば言語によって言語に対してなされる攻撃は、バタイユのポエジー実践の一つのかたちとなっている。[36] バタイユの自由詩の例として、異質《エテロジェーヌ》な要素が共存するテクストである前出『不可能なもの』第三部の、長短の詩と詩論風の散文からなる「オレスティア」から、「私は死者たちのもとに身を投げる」と題された詩の冒頭部分を引用してみる。

夜は私の裸身
星は私の歯
私は死者たちのもとに身を投げる
白い太陽を身にまとい[37]

詩句にはバタイユ作品に馴染み深い語が鏤《ちりば》められているものの、改行・体言止めなどによって自由を得た文章のリズムは『マダム・エドワルダ』のそれとは明らかに異なる。『マダム・エドワルダ』の文章は、こうした自由を享受していない。不自由なブロックに押し込められたエクリチュールは欲求を抱えるかたちになっており、このことはバタイユが序文の註で言っていた制限の働きを思い出させる。すなわち過剰は存在をあらゆる制限の外におくが、われわれは制限によって話すことが可能になるというものである。過剰の表現である『マダム・エドワルダ』におけるブロックのかたちは、書くことで受けいれたこの制限に当たるとも考えられ、序文の一〇年以上前に書かれた本文が序文の内容を裏付けているとも言える。結果的に作品は、詩を凌ぐ詩的強度を獲得していると思われる。ブロック内のごく短く切断された各々の文章は、頻繁にコロンとセミコロンによってさらに細かく分断され、断絶によって行き場を失った語のエネルギーは、エクリチュールの緊張を一段と高めるように働いている。ブロックにまとめられた語群は周囲の余白に絶えず脅かされ続け、途中実際に中断符に埋められたブロックで語が完全に姿を消す部分も含め、目に見えない闘争は物語《レシ》の終わりまで続く。一方物語《レシ》のエピソードは、バタイユのポエジーが要求する極限を目指す緊張した動きとしてのエクリチュールとして展開される。すなわち、話者およびエドワルダの気絶（シンコペーション）はエクリチュールの気絶であり、エドワルダの発作や涙の奔流、眠りはエクリチュールのそれ、一頁を占める中断符はその最も象徴的なかたちである恍惚によるエクリチュールの消滅である。エネルギーの暴力的な侵略によって破壊された物語《レシ》は、「夜」のなかに沈み込む——❖38。ヘーゲルの使い途《みち》のない否定性に起源を持つエネルギーは、エントロピーの法則に支配されて、死の衝動による欲動のエコノミーを描き出すのだ。

†

『マダム・エドワルダ』のエクリチュールにおいて際立っているのは、モノローグの存在である。括弧でくくられたモノローグは実際の作者、バタイユの命に応じたかのように、始まってまもなくピエール・アンジェリックの物語《レシ》に侵入し、異質《エテロジェーヌ》な語りによって物語《レシ》に揺さぶりをかける。かと思うとすぐに中断符によって途切れて物語《レシ》を宙づりにしたあと曖昧なままに姿を消し、巻頭言の至高の座を追われた「森の王」のごとく物陰に身を潜めて「恐るべきもの」の現れを待ちつつ物語《レシ》を見張る。その後も中盤から終盤にかけて数回にわたって現れては話者／作者の代弁を買って出て、書くことの困難・存在の悲劇を訴え続けて物語《レシ》のメタフィクションの側面を浮かび上がらせる。一方で物語《レシ》の冒頭、不安を抱え夜の街にさまよい出た話者ピエール・アンジェリックは、はだかの「夜」と一体となってのち、向かった先の「鏡の館《レ・グラース》」でマダム・エドワルダを知る。物語《レシ》『マダム・エドワルダ』は、この話者と娼婦エドワルダとの一夜《ひとよ》の出来事について語ったものである。「夜」は存在そのものであると同時に存在が跳び込む闇、すなわち「非‐知」の夜、「不可能」である。[39]夜はまた、『内的体験』のエグゼルグに掲げられたニーチェの「夜はまた一つの太陽なのだ」という逆説を経て「**私は太陽である**」という宣言へと送り届けられる——。[40]はだかのエドワルダを見て魅了され恍惚《エクスタシー》に達した話者は、ほかならぬエドワルダの声によってシンコペーションから引き戻される。声はエドワルダの「襤褸《ぼろ》」を見るように命じる。その「襤褸《ぼろ》」を見ている話者は、逆に「襤褸《ぼろ》」が自分を見ていることを知って懼れ、戦慄する。だが一瞬後には見られている自分も見ている「襤褸《ぼろ》」もすでに存在しない――。「マダム」と呼ばれる娼婦エドワルダの持つ「死体のそれに似た魅力」[41]、裸身が呼び込む死（「裸身は美しければ美しいだけ、ますます《死》なのだ」[42]）――。話者ピエール（“Pierre”／“pierre”＝石）の名はドン・ジュアンの石像を呼び起こすとともに至高者が潜む墓場の墓石へ、サン・ドニ門の石のアーチの真下にたたずむ「やみの石」、神を名乗るマダム・エドワルダへと繋がっていく。エドワルダが消え去ったあとに残された「天使のような（“angélique”）」アンジェリックは、この石の門を抜けるしかない。一方「別の世」から戻ったエドワルダの白目を剝いた眼には、バタイユが幼い頃、全身不随の父親が排尿時、白目を剝いて「別の世」を見ていた原風景が重なり合う。エドワルダの痙攣の発作に見られるヒステリーの症状に、バタイユの精神分析への関心を重ね合わせることもなされている。[43]

物語《レシ》『マダム・エドワルダ』の頂点は二通りの恍惚《エクスタシー》である。すなわち極度の快楽と極度の苦痛が一致するこれら二つの瞬間は、エクリチュールのレベルで好対照を示している。その一つ、「鏡の間」での話者とエドワルダのけもののまじわりは、バタイユが全作品で用いたなかで最も長い中断符によって検閲されているのに対し、二つ目の、エドワルダとたまたま乗り合わせたタクシーの運転手との交合の描写は極めて饒舌である。これは、前者では語るべき話者がその瞬間シンコペーションに陥っているのに対し、後者では、話者はエドワルダの恍惚《エクスタシー》／死へと滑り行く動きを逐一見守っているからである。この体験は話者本人のものにほかならず、他者・運転手は、話者が語ることを可能にするための媒体として存在するに過ぎない。話者は、エドワルダを通じて供儀における不可能を体験する。バタイユにおける恍惚《エクスタシー》は、主体と客体の融合の体験であって愛ではない。と言うのも愛は所有であり客体を不可欠とするからである。恍惚《エクスタシー》において二つの存在は引き裂かれ、不可能の希求を媒介として交感する——[44]。この体験は、妄想の産物ではない。自らが語る物語《レシ》が幻想ではないことを証明するためにアンジェリックは、「僕のハンカチはエドワルダの汗でぐっしょり濡れている」とことさら強調する。物語《レシ》は最後の長いモノローグのあとで唐突に終わりを告げ、冒頭の巻頭文へと投げ返され、残りは読者に委ねられる。「君は分かっているのだろうか？　人間はどれほどまでに《君自身》であるかということが？」

ところで、バタイユが序文で強調している極度の快楽と極度の苦痛が同じものであることを裏付けるように、本文中、対立する二項が視覚・聴覚を初めとするあらゆるレベルで繰り返し表現されている。夜闇と「鏡の館《レ・グラース》」の明かり、娼家の広間の人の群れと二人の抱擁の舞台である砂漠、喧噪と沈黙、華奢なエドワルダのはだかと体格のよい立派な身なりのおかみ――、相反するベクトルを持つ語は話の進展にしたがって緊張を増幅させ、対比の連鎖は、エドワルダを蔽う白いボレロ・白いストッキングと黒いドミノ・黒いマスクから、街中とやみの山中というトピックな対照、消えなずむ霧にも似たエドワルダとその凶暴な嵐のような発作、意味の欠如／意味の過剰から意味／無意味へと続き、やがて究極の二項である存在と不在、この世とあの世へと収斂していく。話者を呪縛する過剰なやみの石・エドワルダは喪服のなかで空虚であり、この世には存在しない。

†

バタイユは『マダム・エドワルダ』について、「私はこの小さな本を一九四一年九月から一〇月にかけて書いた。私が『内的体験』の第二部「刑苦」を書く直前である。私の考えでは二つのテクストは緊密に結びついており、一方なくしては他方を理解することはできない」と述べている。❖45 フィクションである物語《レシ》とアフォリスティックな思弁的文章の二つが不可分であることを示したこの文章は、バタイユのエクリチュールの特徴を端的に表している。ここで言われている両者間の間テクスト性《アンテルテクチュアリテ》の具体的な内容として挙げることができるのが、『マダム・エドワルダ』の結び近くの長いモノローグ中の一節「**神**は、もし《知っている》なら豚野郎だ」、および本文末につけられたイタリック体による謎めいた註のなかの「僕は言った「神は、もし《知っている》なら豚野郎だろう」と。（略）

かなたへ、すべてのかなたへ……そしてもっと遠くへ……」の二つの文と、『内的体験』の「刑苦」中の「《神はもし知っているなら》。そしてもっと遠くへ、つねにもっと遠くへ」であるが、[46]実際に書かれた順序とは逆に、『マダム・エドワルダ』のモノローグと註の文章は『内的体験』の一文より踏み込んだ内容になっている。それに加えて『マダム・エドワルダ』文末の註の方は、本文で「お終《しま》いだ」と言われ完結したはずの物語《レシ》を再び呼び戻す役割をも担っている。と言うのは、『マダム・エドワルダ』には続編『わが母』があるからだ。すでに触れたように、『聖なる神』の構想の一つには『マダム・エドワルダ』と『わが母』をピエール・アンジェリックの自伝としてまとめる考えがあった。それを裏付けるかのように、『わが母』は冒頭「ピエール！」と呼ぶ母親の声で始まっている。[47]母親によるイニシエーションの物語《レシ》であり、不可能、すなわち近親姦を示唆するこの作品は、書かれた順序とは逆にエドワルダとの恍惚《エクスタシー》を準備し、『マダム・エドワルダ』を予示するものであるとも言われる。[48]一方、話者／主人公ピエールの姓アンジェリックは、トマス・アクィナスの呼び名、ドクトル・アンゲリクスによって『神学大全』を思い起こさせ『無神学大全』[49]へと導く道筋を示してもいる。　また物語《レシ》『死者』[50]は、主人公マリーによる淫行と恍惚《エクスタシー》を描いて『マダム・エドワルダ』の合わせ鏡のような作品となっているが、冒頭から「死者」としてマリーの行動の引き金の役目を果たしている恋人の名前エドゥアール（"Edouard"）は、エドワルダ（"Edwarda"）からギリシャ語由来の欠如を表す"a"を取ったものである。[51]ところでバタイユ作品におけるこうした豊かな間テクスト性《アンテルテクスチュアリテ》は、自作品の外に向けても展開されているのを見ることができる。バタイユは一九三四年、コレット・ペーニョ、通称ロールと呼ばれる女性と運命的な出会いをしている。交感の理論を地で行くかのような二人の緊密な関係は一九三八年ロールの三五歳での病死まで続くが、その間にロールは少なからぬ量の著作を残しており、そこにはバタイユの思考の刻印が認められるのである。たとえば「詩作品は、核心をなす事件の創造、裸形として感じられる《交感》であるという点において神聖である」[52]というような一文にはバタイユの影響を見ることができるだけでなく、これを二人によって書かれた作品と言うことも可能であろうが、いずれにせよ独特なかたちでの間テクスト性《アンテルテクスチュアリテ》の一例と言えるだろう。ロールの死後、バタイユはミシェル・レリスとともにロール作品の刊行に尽力し、一九三九年にその一部『聖なるもの』を私家版として出版した。[53] ロールの残像はバタイユ作品中にいくつかそれと認められるが、なかでも『空の青み』のダーティはその最も鮮烈な例である。バタイユはロールの死の衝撃と迫り来る戦争の脅威とに追い立てられるようにしてそれまでの政治的活動から離れていき、一九三九年の『アセファル』誌[54]の廃刊、社会学研究会の解散を機に次第に沈黙に閉じこもり内省的になっていった。そうしたなかで『有罪者』が書き始められ、『マダム・エドワルダ』が奇蹟のようにして生まれたのだった。

第四節　バタイユ・ベンヤミン・明日

一九四〇年八月二日、ヴァルター・ベンヤミンは友人テオドール・W・アドルノに宛てた手紙のなかで次のように書いている。「ぼくの書きものはまったく不確かな状態におかれている。(ほかのものに比べれば「パサージュ」論のための原稿は、相対的に安心できる状態にある)。といってもきみも知っているとおり、ぼくのほうがぼくの書きものよりもましな状態にある、というわけでは全然ない」[55]。ここで言われている「パサージュ」論のための原稿とは、ジョルジュ・バタイユが当時の勤め先であった国立国会図書館内に秘密裡に保管しておいたもののことである。ベンヤミンはこの手紙を書いたあとまもなく、ナチスの手を逃れるためにアメリカへと向かうべくフランス・スペイン国境を越えようとしたが果たせずに、九月二六日スペインの小村ポルト・ボウで服毒自殺を遂げている[56]。この二つの事実に備わる重みは計り知れない。ベンヤミンの仕事の拠りどころであった社会学研究所のドイツ・フランクフルト学派の中心メンバー、アドルノ、マックス・ホルクハイマー等は、パリに亡命したものの思うような活動ができずにアメリカへ渡っていっていたが、ベンヤミンはパリに留まっていたのである。フランクフルト学派のメンバーが、その活動の中心である「社会学研究所紀要」にフランス人執筆者を加えることになった際、ベンヤミンは候補として名前の挙がっていたバタイユ、ロジェ・カイヨワ、ピエール・クロソウスキー等について意見を求められている。[57] ベンヤミンは、バタイユがアンドレ・ブルトンと反ファシズム組織「コントル・アタック」を作った当時からその活動を「面食らいながらも興味をもって見守っていた」と、クロソウスキーがパリでのベンヤミンの協力者であったアドリエンヌ・モニエに宛てた手紙で明かしている。[58] バタイユの方でもベンヤミンに関心を持っていたことが、クロソウスキーの手紙のなかの一文、「自分たちはベンヤミンと全ての面で反対の立場をとっていたにもかかわらず、彼の言葉には興奮して耳を傾けた」に窺うことができる。ベンヤミンはバタイユ等の社会学研究会が主催する講演会の熱心な聴講者となっていたが、研究会の目指す方向に賛同していたとは言い難く、それには研究会の背後にあった秘密結社「アセファル」共同体の存在が大きかった。「ファシズムが進めている政治の耽美主義化（略）に対してコミュニズムは芸術の政治化をもって答えるのだ」と宣言したコミュニスト・ベンヤミンの心のうちには、計り知れない不安があったと思われる。[59] ベンヤミンは「アセファル」メンバーの過激さが、本来メンバーが否定しているはずのファシズム的情念へと収斂していってしまうことを危惧していたのである。一方バタイユとクロソウスキーは、フーリエのファランステール（協同組合社会）復活を夢見るベンヤミンの考え方に否定的だった。[60] そうした経緯があったとは言え、ベンヤミンは研究会の重要性は認めており、それだけに一九三九年春に予定されていた研究会での自身の講演が九月に延期されたために実現しなかったことを残念に思いもしたのである。　社会学研究会は、同年七月四日のバタイユによる講演を最後に解散しているからだ。ベンヤミンの幻の講演は、モードを主題とするものになるはずだった。[61] ――「ツァラトゥストラの永劫回帰の思想と、クッションのカバーに見られる「ほんの十五分だけ」という文句は、相補うものである」[62]――。パリを逃れる直前に書かれた「歴史の概念について」の次の一節には、モードを鍵に革命について考察しようとする試みが見られる。

モードが過去の服装を引用するように、フランス革命は古代ローマを引用した。(略)モードとは過ぎ去ったものへの虎の跳躍なのだ。ただ、この跳躍は支配階級の権力下にある闘技場で行われる。歴史の自由な空の下でなされる過去への跳躍は弁証法的なものであり、マルクスは革命をそのような跳躍として理解していた。[63]

『パサージュ論』中の「モード」と題された一節では、膨大なメモに基づいたモード論が展開されている。[64]

†

卓上のすべての皿から目くばせしている小さな平和のしるしが、深く私の内部に浸透してきた。それは、揃いの白磁の食器に小さな模様をつけている矢車菊だった。この平和のしるしの甘美さを推し量ることができたのは、（略）あの戦いのしるしを熟知しているまなざしだけだった。❖[65]

ベンヤミンは常に自らの記憶の底を探っていた。忘れられたことの数々は古い時代のことどもと混じり合ってさまざまなものを作り上げ、そのなかから常に新しいものが生まれてくる。ベンヤミンの「抑圧された過去を解放しようとする戦い」❖[66]には、ユダヤ的な神秘主義とユーモアとが加味されてもいる。お伽話のようなエピソードは、一瞬後にはトランプをめくったように異次元の真実を告げ、目眩ましの魔法の粉にかすんだ先には深淵が開ける――。記憶のうちに懐かしさと戦慄が隣り合うこの魔術は、詩のなせる業《わざ》にほかならない。

夜会の晩に私の父が着ていた、鏡のようにぴかぴかの燕尾服用ワイシャツが、いま私には甲冑《かっちゅう》のように思われ、また、一時間前に父が人影のない椅子の上になおもさまよわせていた、そのまなざしのなかに、私はいま、武装したものの姿を見出したのだ[❖67]。

ベンヤミンの記憶のなかで父親の姿は、陰影を帯び、ある種の曖昧さとともに右のように映っていた。一方バタイユにおける父親は、決して消すことのできない強烈なイメージとして反復強迫症のように繰り返し現れるものだった。幼い頃父親を崇めていたバタイユは、年頃に達するとともに父親に対して一種無意識的な嫌悪を抱くようになり、こうした両義的な感情は、「父殺し」の固定観念、「有罪者」の意識となって以後バタイユ作品を貫ぬいていくことになる。『内的体験』は、バタイユの「父親体験」の延長線上にある。

一九一五年一一月六日、ドイツ戦線から四、五キロの爆撃を受けた街で、父は置き去りにされて死んだ。母と私は、八月一四日のドイツ軍進攻の際に彼を置き去りにしたのだ。（略）今日、私は自分が救いようもなく《盲目》であることを、Nでの父のように、この地上で《見棄てられた》人間であることを知っている。地上でも、天上でも、だれ一人、断末魔の父の苦悶を気にかけなかった。それでも、いまでも私は信じている。彼は敢然と立ち向かっていたのだ。親父《パパ》の盲目の微笑のうちには、時になんと《恐ろしいばかりの誇り》が浮かんでいたことだろう[68]！

全身不随の父親の、放尿時のひっくり返った眼球は『眼球譚』の母体となり[69]、白眼が見ていた世界はエドワルダの「別の世」へと繋がり、自分にしか見えない世界を見ながら発した哄笑は、バタイユが原点として繰り返し立ち帰る体験、ツァラトゥストラの笑いを思わせるフール街での自身の哄笑の発作に重なる。

フール通りを渡っている時、私は突然、この《虚無》のなかで見知らぬ人間になった……私はそれまで自分を閉じ込めていた灰色の壁を否定し、ある種の恍惚状態に飛び込んだ。私は崇高なまでに笑っていた。傘が落ちてきて私を包み込んだ（私は故意にこの黒い屍衣で身を蔽ったのだ）。おそらくこれまで誰も笑ったことのない笑いを笑った。事物の薄い底がそれぞれ開いて剝き出しになり、私は死人のようだった。❖70

バタイユの眼への妄執は、「ひとつの眼玉が頭のてっぺんに、私の頭蓋の真んなかに開かれる」❖71という発想を生み、『ドキュマン』誌の記事「眼」のなかの、「極端な魅惑は恐怖の限界に存在する」❖72というバタイユに馴染み深い表現を生んでいる。バタイユは一九二九年と一九三〇年の二年間、『ドキュマン』誌によって独自の美術活動を展開している。そこでバタイユは、「自然が生んだ動物界の怪物」に「アカデミックな馬」の正確さを嘲笑《わら》わせ、人間の生が上昇であるとする誤った考えが生んだ定見、すなわち「最も人間的な部分である足の親指を低劣な器官とすること」に異議を申し立てる一方で、ピカソが描くことによる形態の解体によって、思考の解体を引き起こしていることを指摘する。[73] バタイユのこうした活動に注目して、硬直化した美学理論に民族学の範例的方法を導入したこと、形態の侵犯によって転覆的価値を発見したことの重要性を指摘したのはジョルジュ・ディディ＝ユベルマンである。ユベルマンはバタイユの方法を説明する際に、ベンヤミンの「認識論的‐批判的」省察という表現を用いて両者を繋ぐものを浮かび上がらせている。バタイユの「不定形（"informe"）」に象徴される異形なものへの関心、およびそうしたものによって価値の転倒をはかろうとするアプローチ[74]は、ベンヤミンの取るに足りない些細なものへの眼差しや、写真・映画など、当初正当な芸術と認知されていなかったジャンルを重視し、ドイツ・バロック演劇に登場する怪奇なものを通して世界を独自の仕方で読み直そうとする姿勢と通底しているように思われる。

バタイユは、ヘーゲル哲学は労働の哲学であるとして、聖なる哲学・交感の哲学への移行の必要性を説き、一方では共産主義について語るなかで、それが還元不能なはずの人間の欲望を、生産に専念する生活と両立し得るさまざまな欲求に取って代えてしまったとしている。[75] これにはベンヤミンが、フーリエの情念別階級による社会の再配分を考え、労働が所有欲の代償としての罰であることをやめて欲望を助長するものとなる道を探ろうとする姿が重なって見える。[76] 二人はかたちは違っても互いに近いところで闘っていたと言えるのではないだろうか。だが二人が最も接近した時期においても両者を隔てる溝は深く、また時代の不条理はそれぞれに対して容赦なかった。ユベルマンは二〇一三年の『クリティック』誌バタイユ特集号に「忘れられた怒り」と題する記事を寄せ、バタイユが、一九三八年当時の社会学研究会の講演において、ファシズムに対する闘いに声を挙げなかったことを糾弾している。一九三〇年『ドキュマン』誌三号で「ピカソ礼讃」特集を組んでいるバタイユが、一九三七年に描かれたピカソの「ゲルニカ」に反応を示さず、『ドキュマン』誌のかつての盟友カール・アインシュタインのスパルタクスなみの苦闘に冷たいままであったことに対して、「ピカソの怒りを忘れたのか?」と問い詰める。[77] だがバタイユとベンヤミンそれぞれの現実、また二人の近さと遠さがどのようなものであったにせよ、後世に残されたいずれも少なからぬ量の著作は、思考が詩に昇華された類い稀な例となっている。そしてわれわれは、ベンヤミンがピレネー山脈を徒歩で越える際に、書きかけの原稿の入った黒いカバンを肌身離さず抱えていたこと[78]、その二〇年後、バタイユが病と闘いながら『エロスの涙』を完成させるべく最後の力を振り絞っていたことを知っている[79]。

†

バタイユは一九五八年一〇月二一日、ジャック・ラカンの招きでサン・タンヌ病院で講演を行っている。聴講者の一人であったユージェニー＝ルモワヌ・ルッチオーニは、当日会場を支配していた重苦しい沈黙に圧倒されたと報告している。題目は「快楽と賭の語の曖昧さについて」。話はフロイトの「快楽原則の彼方」に及んではいるものの、欲動および死のエコノミーとバタイユの諸概念との関係に触れられることはなかった[80]。ルッチオーニに強い印象を残した沈黙は、バタイユが「すべての言葉のうちで最も邪悪な、あるいは最も詩的なもの[81]」と呼んだものである。その場でバタイユが自ら体現していたとも言える沈黙は、晩年のバタイユを象徴するものであると同時に、バタイユが常に耳を澄ませていた沈黙の叫びとも呼べるものだった。[82]ウィトゲンシュタインの至言をまつまでもなく、バタイユは『マダム・エドワルダ』の「秘密」について自らこう語ってもいる。「どんなことばもはるかにおよばないその秘密については、口を噤《つぐ》まなければいけない」。

ジャン＝リュック・ナンシーはバタイユを、現代における共同体の運命に関する決定的な体験を最も遠くまで辿った人物だと言っている。[83]ナンシーにならってバタイユを、死に関する体験を最も遠くまで辿った人物と言うことができるだろうか。「もっと遠くへ」――バタイユはランボーがどこまで辿りついたかについて、ポエジーを捨てることによって拡げられた可能性について思いを巡らせたが、[84]今度はわれわれが、バタイユが探った、言葉のおよばない極限・沈黙について思いを巡らせる時かも知れない。明日については誰も知らないのであり、マラルメについて言われたように、「彼が追求する明らかに無益な仕事あるいは賭は、未来に関わるもの」であるからだ。[85]

註

❖1 Michel Deguy, «Bataille aux *TM*», *Les Temps Modernes*, «Georges Bataille», n° 602, décembre 1998-janvier-février 1999, pp. 7, 12.

❖2 «À propos de récits d'habitants d'Hiroshima», *O.C. tome XI*, Gallimard, 1988, pp. 184–185.（バタイユの著作の引用は原則として全集版による）。『ヒロシマの人々の物語』酒井健訳、景文館書店、二〇一五年、二七〜三〇頁。

❖3 *Le Bleu du ciel*, *O. C. tome III*, *op. cit.*, p. 377.『空の青み』伊東守男訳、河出文庫、二〇〇四年。フィリップ・ソレルスは、一九七二年スリジー・ラ・サルにおいて自ら率いる「テル・ケル」グループによるアルトー／バタイユ・シンポジウムを開催して、バタイユを文学史上揺るぎない位置を占める存在にすることに貢献した一人である。ソレルスは『空の青み』をこれ以上ない預言的作品としており、そのラストで主人公が、ナチス鼓笛隊の少年たちの陶然とした表情の先に累々と築かれる屍体の山を見るシーンに再三触れ、ほとんど誰も、何も見ていなかった時代にバタイユはすべてを見ていたと語っている（Philippe Sollers, «Une prophétie de Bataille», *Le Monde*, 2. 07. 91, repris dans *La Guerre du Goût*, Gallimard, coll. «Folio», 2002, p. 484 および二〇一七年八月二八日、訳者のインタビューによる）。またソレルスは前掲の『レ・タン・モデルヌ』誌バタイユ特集号のインタビューでも、バタイユの二〇世紀への貢献について、「計り知れない」と答えている（Philippe Sollers, «Solitude de Bataille», *Les Temps Modernes*, «Georges Bataille», n° 602, *op. cit*, pp. 260-261, repris dans *Éloge de l'infini*, Gallimard, coll. «Folio», 1998, pp. 795-796）。

❖4 ガリマール全集版は、一九五六年のポヴェール初版に拠っているものの、ピエール・アンジェリックの名も、序文に付されていたバタイユの署名もなくなっている。一方プレイヤッド叢書版では、タイトル頁にピエール・アンジェリックとマダム・エドワルダが上下二段に並べて組まれており、序文のバタイユの署名も残されている。

❖5 ルイ三〇世は『息子（*Le Petit*）』の作者名であり、連続殺人犯の名トロップマンは、未発表作品『W.-C.』の作者名であるとともに『空の青み』の話者の名としても使われており、ディアヌスは『有罪者』（註23参照）の当初の作者名である。またバタイユは詩と散文の混じり合った作品に『ルイ三〇世の墓（*La Tombe de Louis XXX*）』というタイトルをつけることで、自作『息子』の作者、ルイ三〇世を葬ることも行っている（*Le Petit*, *O. C. tome III*, *op. cit.*, p. 33 および *La Tombe de Louis XXX*, *O. C. tome IV*, Gallimard, 1974, p. 151）。全集版では『W.-C.』は『息子』のなかに入れられている。

❖6 各版のタイトルの表し方は様々である。ポヴェール新版とソリテール四一年版では、表紙に『マダム・エドワルダ』と表記され、続いて第一の扉に『聖なる神』、第二の扉に再び表紙と同じ『マダム・エドワルダ』が繰り返されている。ポヴェール初版では、布製の表紙と裏表紙のラベルに『マダム・エドワルダ』とあり、第一の扉に『聖なる神』、第二の扉に『マダム・エドワルダ』とある。ソリテール四五年版では、表紙にはバタイユとイラスト画家の二人の名前の頭文字を組み合わせた文様が中央にあり、続いて第一の扉に『聖なる神』が先行しておかれ、第二の扉が『マダム・エドワルダ』となっている。またこの版では、巻頭文二つのあと、本文頁のカットの下に『マダム・エドワルダ』とあり、ポヴェール二版がいずれも巻頭文の前に『マダム・エドワルダ』をおいているのとは異なっている(*O. C. tome III*, *op. cit.*, p. 491, *Romans et récits*, *op. cit.*, pp. 1127–1131 およびポヴェール新版を除きBnF所蔵の各版による)。

❖7 *Madame Edwarda*, *op. cit.*, p. 8. 本訳書五頁。

❖8 *Ma mère*, Société Nouvelle des Éditions Pauvert, 1979, pp. I–III. 『わが母』(『ジョルジュ・バタイユ著作集(5)聖なる神』生田耕作訳、二見書房、一九六九年)、二五七〜二五九頁。

❖9 *Divinus Deus*, *O. C. tome IV*, *op. cit.*, pp. 169–311. (『マダム・エドワルダ』本文は単独で全集第三巻におさめられている)。「「聖ナル神」遺稿――「エロチスムに関する逆説」の草稿、聖女、シャルロット・ダンジェルヴィル」(『聖女たち――バタイユの遺稿から』吉田裕訳著、書肆山田、二〇〇二年、第二版。この遺稿集では、遺稿二作と『マダム・エドワルダ』との関連も考察されている）。なお「エロティシズムに関する逆説（«Paradoxe sur l'érotisme）»」は、『新・新フランス評論（*La Nouvelle Nouvelle Revue Française*）』誌一九五五年五月号掲載の«Paradoxe de l'érotisme»とは別物である。

❖10　*L'Érotisme, O. C. tome X*, Gallimard, 1987, p. 259.『エロティシズム』酒井健訳、ちくま学芸文庫、二〇一一年、四五一頁。

❖11　バタイユはなぜ『マダム・エドワルダ』序文のエグゼルグに、ヘーゲルの言葉を用いたのだろうか。フィリップ・ソレルスはそう問い続けた挙げ句、自らの作品で自分なりの答えを出している。すなわち二〇一六年の小説『ムーブメント（*Mouvement*）』のなかで主人公「ヘーゲル」が『マダム・エドワルダ』の序文を読んでいるシーンを描いたのである。（Philippe Sollers, *Mouvement*, Gallimard, 2016, pp. 70–71）。

❖12　バタイユのヘーゲル理解は、アレクサンドル・コジェーヴのヘーゲル講義の聴講（一九三四〜一九三九年）を通じてなされたとされている。ヘーゲルの引用は、『精神現象学』序文三二節の一文である。プレイヤッド版は註に引用の続きの部分の仏訳を載せているが、ここでは死の定義を明確にするために直前の箇所も併せて引用してみる。「肝心な点は、観念が日常世界とは次元を異にする非現実的なものだ、ということである。（略）内部で安定した円環をなし、がっちりとその要素を堅持する円（略）。その囲いを外れた偶然の要素が、（略）特別の自由を獲得するとなると、そこには莫大な否定力が働かねばならない。それが思考のエネルギーであり、純粋自我のエネルギーである。そこにうまれる非現実性を、わたしたちは死と名づけたく思うが、この死ほど恐るべきものはなく、その死を固定するには最大級の力が要求される。（略）死を避け、荒廃から身を清く保つ生命ではなく、死に耐え、死のなかでおのれを維持する生命こそが精神の生命である」（G・W・F・ヘーゲル『精神現象学』長谷川宏訳、作品社、一九九八年、二〇～二一頁。強調引用者）。強調した部分に見られる主張は、序文でバタイユが逆説的な表現で繰り返し述べていることである。バタイユとコジェーヴは講義を離れても交流があり、バタイユから『マダム・エドワルダ』を受けとったコジェーヴが「本文そのものは気に入りました。しかし「序文」の方は……」という手紙を書き送っている（アレクサンドル・コジェーヴ「バタイユに宛てた七通の手紙」丸山真幸訳、『別冊水声通信・バタイユとその友たち』所収、水声社、二〇一四年、二六九頁）。

❖13 以下の論考に詳しい。Suzanne Guerlac, « "Recognition" by a Woman ! : A Reading of Bataille's *L'Erotisme*», in *On Bataille*, Yale University Press, coll.«Yale French Studies», 1990, p. 97（スザンヌ・ゲルラック「女性による「承認」――バタイユの『エロティシズム』一解釈」菊地儀光訳、『ユリイカ・特集バタイユ――生誕百年記念特集』所収、青土社、一九九七年七月号、二一一頁）およびMarie-Christine Lala, *Georges Bataille, Poète du réel*, Peter Lang, coll. «Modern French identities», 2010, pp. 19-20. シンコペーション（切分法）は、音楽用語

で強拍と弱拍の位置が変わることを言う。その結果リズムに変化が生じる。失神の意味もある。また音声学で語中の音節（音素）の省略も言う。

❖14 *Romans et récits, op. cit.*, p. 1132.

❖15 全集とプレイヤッド二つの版の序文草稿の数および内容には、本文草稿の場合同様、若干異同がある。ただしこのあとに引用した部分に関しては両版共通である（*O. C. tome III, op. cit.*, pp. 492–494 および *Romans et récits, op. cit.*, pp. 341–346 et pp. 1132–1133, 1137–1138）。

❖16 『荘子・外篇』田子方篇に、孔子が老子に会いに行ったところ、老子は髪をさばいていて身じろぎもせず、生きた人とも思えなかったと言う。その時老子は、万物の原初の世界に遊んでいたのである（『荘子・外篇』福永光司・興膳宏訳、ちくま学芸文庫、二〇一三年、五〇七頁）。

❖17 *Romans et récits, op. cit.*, p. 1123.

❖18 二つの巻頭文に関しては、二つともタイトル『マダム・エドワルダ』のあとにおいているポヴェール版とは異なり、ガリマール版全集第四巻では、タイトルの項で触れた、『マダム・エドワルダ』を『聖なる神』の総題のもとにまとめる案に沿って、一つ目の巻頭文は総題『聖なる神』の次頁におかれ、そのあとにタイトル（第一部「マダム・エドワルダ」）が続いている（註9参照）。ポヴェール版の『わが母』には一つ目の巻頭文はなく、あらたな巻頭文がやはり大文字で組まれて本文の前におかれている（註8参照）。

❖19　プレイヤッド版の解説は、この読者への呼びかけのかたちに最も近い例としてロートレアモン『マルドロールの歌』の冒頭部分を挙げているが（*Romans et récits, op. cit.*, p. 1133）、このような読者への呼びかけは、ダンテの『神曲』にも遡る長い歴史を持っていると言えよう。この一つ目の巻頭文は、ソリテール二版、ポヴェール二版すべてに共通である。

❖20　*O. C. tome III, op. cit.*, p. 494, *Romans et récits, op. cit.*, p. 1133. ソリテール四一年版、四五年版両版はこの稿になっている。

❖21　「至高性」の訳語については分かりにくいとの指摘もあるが、バタイユ自身が *La Souveraineté* と題したテクストの文頭で、ここで語られる“souveraineté”が国際法に定義されている諸国家の主権とはほとんど関係がないことを明記しており（*La Souveraineté, O. C. tome VIII*, Gallimard, 1976, p. 243.『至高性：呪われた部分——普遍経済論の試み　第三巻』湯浅博雄ほか訳、人文書院、一九九〇年、八頁）、バタイユのほかの著作においても至高性と訳されているので本書でもこの訳語を用いた。ただ生田耕作訳の『マダム・エドワルダ』では、複数の版を通じて“le souverain”は「至高の王座」、“ma souveraineté”は「おれの主権」「王位」とされている。巻頭文に関しては、拙論「Bataille の «poésie» ——Divinus Deus を通じての考察」、『フランス語フランス文学研究』第四一巻、日本フランス語フランス文学会、一九八二年、六〇〜七〇頁を参照されたい。

❖22　Osamu Nishitani, «Georges Bataille et le mythe du bois : une réflexion sur l'impossibilité de la mort», *Lignes*, «Nouvelles lectures de Georges Bataille», n° 17, mai 2005, p. 54.

❖23 *Le coupable*, *O. C. tome V*, Gallimard, 1973, pp. 363-364.『有罪者――無神学大全』江澤健一郎訳、河出文庫、二〇一七年、二二六、二二八頁。引用文中、ゼウスのあとの（ディアヌス）は引用者による追加。バタイユは当初『有罪者』をディアヌスの名で出版したほか、「有罪者」本文の最後の章を「森の王」と名づけている。この点に着目した論考は数多い。たとえば Jean-Michel Heimonet, *Politiques de l'écriture, Bataille/Derrida : Le sens du sacré dans la pensée française du surréalisme à nos jours*, University of North Carolina Press, 1987, p. 40.

❖24 *L'Impossible*, *O. C. tome III*, *op. cit.*, p. 97.『ジョルジュ・バタイユ著作集（2）不可能なもの』生田耕作訳、二見書房、一九七五年。強調引用者。『不可能なもの』と『金枝篇』の関係に言及した論考のなかでも、フィリップ・フォレストがフォークナーの『サンクチュアリ』と『不可能なもの』を、いずれも『金枝篇』と関係づけて論じた興味深い論考がある。Philippe Forest, «Le Dianus de Frazer : de Faulkner à Bataille», *Littérature*, «Georges Bataille écrivain», n° 152, avril 2008, pp. 35-45.

❖25 «Le pouvoir», in Denis Hollier, *Le Collège de Sociologie (1937-1939)*, Gallimard, coll. «Idées», 1979, pp. 241-242.「権力」兼子正勝訳、ドゥニ・オリエ編『聖社会学』所収、工作舎、一九八七年、二二八〜二二九頁。バタイユがロジェ・カイヨワの代理で行った講演。

註にオリエによるバタイユとディアヌスについての解説がある（二三九頁、註9）。社会学研究会は、一九三七年一一月、バタイユがミシェル・レリス、ロジェ・カイヨワと設立、一九三九年七月の最後の講演まで、講演会を中心に活動した。社会学研究会（“Le Collège de Sociologie”コレージュ・ド・ソシオロジー）の名にある「コレージュ」にはこの場合、社会学の教育目的はなく、研究会は宗教的な色合いを持つ同輩による組織だった（Denis Hollier, «A l'en-tête d'Acéphale», *ibid.*, pp. 15–16. ドゥニ・オリエ「無頭人（アセファル）への頭書きに」兼子正勝訳、同前一五～一六頁）。

❖26 タイトルの項で触れた『聖なる神』以外にも、一九四三年から一九四七年までに刊行された『内的体験』、『有罪者』（註23参照）、『ニーチェについて』、『瞑想の方法』に『ハレルヤ――ディアヌスの教理問答』を加えて『無神学大全』としてまとめるかたちを考えていたのは没年の前年、一九六一年である（*La Somme athéologique*, *O. C. tome VI*, Gallimard, 1973, p. 365）。*L'expérience intérieure*, *O. C. tome V*, *op. cit.*, p. 7：『内的体験――無神学大全』出口裕弘訳、平凡社ライブラリー、一九九八年。*Méthode de méditation*, *O. C. tome V*, *op. cit.*, p. 191（『内的体験』再版と一緒に出版された）。*L'Alleluiah, Catéchisme de Dianus*, *O. C. tome V*, *op. cit.*, p. 393（『有罪者』再版と一緒に出版された）。*Sur Nïetzsche*, *O. C. tome VI*, *op. cit.*, p. 11：『ニーチェ覚書』酒井健訳、ちくま学芸文庫、二〇一二年。

❖27 Raymond Queneau, «Premières confrontations avec Hegel», *Critique*,«Hommage à

Georges Bataille», n°s 195–196, août-septembre 1963, p. 700（レイモン・クノー「ヘーゲルとの最初の格闘」加藤美季子訳、前掲『別冊水声通信・バタイユとその友たち』所収、二四五頁）。またバタイユは一時期、集中的に異質学に関する考察を行っている（*Dossier «Hétérologie»*, *O. C. tome II*, Gallimard, 1972, p. 165）。

❖28 Denis Hollier, «Préface», *Romans et récits*, *op. cit.*, p. ix.

❖29 この点に関して、次のドミニク・ラバテによる指摘がある。Dominique Rabaté, «Le discontinu du récit», in *L'Histoire-Bataille : L'écriture de l'histoire dans l'œuvre de Georges Bataille*, École des chartes, coll. «Études et rencontres», 2006, p. 126. 作品における試行錯誤の好例としては、巻頭文の項で触れた『不可能なもの』が挙げられる。一九四七年『詩への憎しみ』として刊行されて以後、タイトル、章の順序を変更し、最終的なかたちが決められたのは没年の一九六二年である。その間の事情は、同年一月三一日、ミニュイ社のジェローム・ランドン宛の手紙に窺うことができる（Lettre à Jérôme Lindon, le 31 janvier 1962, *O. C. tome III*, *op. cit.*, pp. 520–521）。

❖30 フリードリヒ・ヘルダーリン『ヒュペーリオン――または　ギリシャの隠者』手塚富雄訳、『ヘルダーリン全集3』所収、河出書房新社、一九六六年、七四頁。

❖31 *L'expérience intérieure*, *O. C. tome V*, *op. cit.*, p. 156. 前掲『内的体験』、三〇八頁。

❖32 註29を参照されたい。

❖33 第一部が三五〜五二頁、第二部が五四〜六五頁、第三部が六七〜八三頁である。本書における拙訳のかたち、自由詩のかたちをとって改行を多く用い、句読点を廃する方法は原文とは異なるものである（拙訳の文体については「訳者あとがき」をお読み頂ければ幸いである）。改頁ということでは、全体が中断符で埋められている一頁も改頁されているが、これは数に入れない扱いになっている場合もあり、この場合はブロック数は二七とされている。

❖34 Charles Baudelaire, *Le Spleen de Paris. Petits Poèmes en prose*, Gallimard, coll. «Poésie», 2006, p. 105. シャルル・ボードレール『パリの憂愁』福永武彦訳、岩波文庫、二〇一〇年、一一〜一二頁。

❖35 ボードレールが編集者アルセーヌ・ウーセイに宛てた一八六一年末の手紙のなかの言葉。Charles Baudelaire, *Correspondance générale : recueillie, classée et annotée par Jacques Crépet*, *Tome IV*, Conard, 1948, p. 33（ガリマールのプレイヤッド版書簡集第二巻（一九七三年）に収録されているこの手紙の異稿には、この部分はない）。同前略註、一八五頁。強調ボードレール。

❖36 *L'Archangélique*, *O. C. tome III*, *op. cit.*, p. 71.『大天使のように』生田耕作訳、奢灞都館、一九八二年。*La Tombe de Louis XXX*, *O. C. tome IV*, *op. cit.*『ルイ三〇世の墓』（註5参照。吉田裕訳『死者』とその周辺』所収、書肆山田、二〇一四年）。ジャクリーヌ・リセットは、バタイユの詩がアレクサンドランやボードレール風の散文詩から、まったく性格の異なる、散文を侵略する詩へと移っていった点に注目している（Jacqueline Risset, «Haine de la poésie», in *Georges Bataille après tout*, Belin, 1995, pp. 152-153）。リセットは、かつて六〇年代を牽引したフィリップ・ソレルス率いる前衛文芸誌『テル・ケル』の若手メンバーの一人であり、一九七二年のアルトー／バタイユ・シンポジウムにも参加している。

❖37 «Je me jette chez les morts», *L'impossible*, *O. C. tome III*, *op. cit.*, p. 211. 前掲『不可能なもの』、二五五頁。

❖38 Julia Kristeva, «Bataille, l'expérience et la pratique», in *Bataille*, UGE, coll. «10/18», 1973, p. 285.

❖39 *L'expérience intérieure*, *O. C. tome V*, *op. cit.*, p. 8. 前掲『内的体験』、一〇頁。出典：フリードリヒ・ニーチェ『ツァラトゥストラ II』手塚富雄訳、中公クラシックス、二〇〇二年、三八六頁。ニーチェの原文には、引用部分の前に次の記述がある。「いままさにわたしの世界は完全になったのだ。真夜中はまた正午なのだ。——苦痛はまた一つの悦楽なのだ。呪《のろ》いはまた一つの祝福なのだ」。強調引用者。

❖40 *L'anus solaire*, *O. C. tome I*, Gallimard, 1973, p. 81.『太陽肛門』酒井健訳、景文館書店、二〇一八年、三頁。強調バタイユ。

❖41 *Le Bleu du ciel*, *O. C. tome III*, *op. cit.*, p. 407. 前掲『空の青み』、五六頁。

❖42 *L'Impossible*, *O. C. tome III*, *op. cit.*, p. 136. 前掲『不可能なもの』、一〇三頁。

❖43 バタイユの父親はバタイユが生まれた時すでに盲目であり、その後、全身不随となった（註68を参照されたい）。フィリップ・ソレルスはエドワルダの痙攣のシーンをフロイト学説の実例と見て、バタイユに精神分析の知識がなかったとは考えられないとしている（訳者の二〇一七年のインタビューによる）。

❖44 *L'expérience intérieure*, *O. C. tome V*, *op. cit.*, p. 74. 前掲『内的体験』、一四六頁。

❖45 *Madame Edwarda*, *O. C. tome III*, *op. cit.*, p. 491, *Romans et récits*, *op. cit.*, p. 345 .

❖46 *L'expérience intérieure*, *O. C. tome V*, *op. cit.*, p. 65. 前掲『内的体験』、一二八頁。

❖47 *Divinus Deus*, *O. C. tome IV*, *op. cit.*, p. 179. 前掲『聖なる神』、五五頁。

❖48 近親姦について指摘した論考には、フィリップ・ソレルスによる«Le récit impossible», in *Logiques*, Éd. du Seuil, coll.«Tel Quel», 1968, pp. 158-163 ほかがあり、さらに『わが母』と『マダム・エドワルダ』との関係については次の論考で触れられている。Gilles Ernst, *Georges Bataille. Analyse du récit de mort*, PUF, coll.«Écrivains», 1993, p. 134 および Daniel Hawley, *L'Œuvre insolite de Georges Bataille. Une hiérophanie moderne*, Slatkine-Champion, 1978, pp. 76–77.

❖49 *La Somme athéologique*, *O. C. tomes V* et *VI*, *op. cit.*

❖50 *Le Mort*, *O. C. tome IV*, *op. cit.*, p. 37. 『死者』、前掲『「死者」とその周辺』所収。

51 Denis Hollier, *La prise de la Concorde*, Gallimard, coll. «Le Chemin», 1974, pp. 221–222. ドゥニ・オリエ『ジョルジュ・バタイユの反建築——コンコルド広場占拠』岩野卓司ほか訳、水声社、二〇一五年、二一九頁。

52 Laure, «Le Sacré», *Écrits de Laure*, Jean-Jacques Pauvert, 1977, p. 89.『バタイユの黒い天使——ロール遺稿集』佐藤悦子ほか訳、リブロポート、一九八三年、七〇頁。ロールの本はその後、*Laure : Écrits complets*, Les Cahiers, 2019 が出ている。

53 バタイユはロールの本『聖なるもの』を出版した同じ年、『カイエ・ダール』誌にロールの本と同じタイトルを持つ記事を掲載している。ジャン＝ミシェル・エモネの次の著作にこの点に関する記述がある。 Jean-Michel Heimonet, *Le Mal à l'œuvre : Georges Bataille et l'écriture du sacrifice*, Parenthèses, coll. «Chemin de ronde», 1986, p. 76. その後、コレットの甥ジェローム・ペーニョがポヴェール社からロール作品集を出している（註52参照）。ペーニョはバタイユと会った折に、バタイユが「君は彼女に似ている」と言って泣いていたというエピソードを紹介している（«Peignot et les siens», *L'Obs*, 6–12 avril, 2017, p. 91）。一九四〇年一月、ミシェル・レリスは動員先のサハラ砂漠のはずれから、バタイユに宛てて次のような手紙を送っている。「もうすぐ君は小包を受け取るはずだ。そこには「砂のバラ」とか「砂漠のバラ」と呼ばれる砂の結晶が入っている。コレットに贈れたらうれしかったプレゼントなんだ。だから君に送るよ」。 Michel Leiris, *Georges Bataille/Michel*

Leiris : *Échanges et correspondances*, Gallimard, coll.«Les inédits de Doucet», 2004, p. 139（大原宣久「やさしき悲痛」、前掲『別冊水声通信・バタイユとその友たち』三五一頁に引用）。

❖54 「アセファル」は、バタイユが一九三五年にブルトンと起こした「コントル・アタック」が失敗に終わったのちに結成した宗教的秘密結社の名であると同時に、一九三六年創刊の雑誌の名でもある。『アセファル』創刊号表紙のアンドレ・マッソンによる無頭人（アセファル）の絵が象徴するような理性批判だけでなく、その神秘主義的傾向も顕著だった（『無頭人（アセファル）』鈴木創士ほか訳、現代思潮新社、二〇〇六年）。アセファルの具体的な活動に関しては、次の資料に詳しい。Marina Galletti, *L'Apprenti Sorcier*, textes, lettres, et documents（1932-1939）, rassemblés et présentés, et annotés par Marina Galletti, Éd. de la Différence, 1999.この資料集の後半部の日本語訳が以下の書籍である。ジョルジュ・バタイユほか『聖なる陰謀――アセファル資料集』マリナ・ガレッティ編、吉田裕ほか訳、ちくま学芸文庫、二〇〇六年。

❖55 『ベンヤミン／アドルノ往復書簡1928-1940』ヘンリー・ローニツ編、野村修訳、晶文社、一九九六年、三五四頁。竹峰義和は「投壜通信の宛先」と題した記事で、亡命フランクフルト学派の思想家や芸術家が残した夥しい量の手紙を、後世の読者が海岸に漂着した「投壜通信」を開封するようにして読む時、フランクフルト学派の鍵語である「過去の救済」の営みがなされると書いている（『UP』東京大学出版会、二〇一七年二月号、一～六頁）。

❖56　同前、三五六～三五七、三六〇頁。「パサージュ」論のための原稿については、ドゥニ・オリエ編による社会学研究会の記録の補遺、ヴァルター・ベンヤミンの項の前書きに、アドルノとG・ショーレム編書簡集の覚書に同様の内容の記述がある旨書かれている（《MARGINALIA 1940 Walter Benjamin》, in Denis Hollier, *Le Collège de Sociologie (1937–1939)*, *op. cit.*, p. 574.「マルジナリア　1940　ヴァルター・ベンヤミン」中沢信一訳、前掲『聖社会学』所収、五四八頁）。

❖57　アドルノからベンヤミンに宛てた一九三七年七月二日の手紙（同前、二一一頁）。またベンヤミンは当時、国会図書館を足場に調査・研究を行っていたためバタイユに便宜を図って貰っていた関係で、バタイユに関する記述については慎重だったことが一九三八年八月二八日アドルノ夫妻宛の手紙から窺える（同前、二八八頁）。具体的な内容については次のホルクハイマー宛の手紙に詳しい。De Walter Benjamin à Max Horkheimer, le 3 août 1938,«Walter Benjamin et le collège de sociologie», *Critique*,«Georges Bataille d'un monde l'autre», nos 788–789, janvier–février 2013, p. 102.

❖58　Pierre Klossowski, Lettre sur Walter Benjamin, *Mercure de France*, n°1067, 1er juillet 1952（ピエール・クロソウスキー「ヴァルター・ベンヤミンについての手紙」清水正訳、『ユリイカ・特集クロソウスキーの世界』所収、青土社、一九九四年七月号、七一頁）。アドリエンヌ・モニエは、ジョイスの本を出版したシェイクスピア・アンド・カンパニーのシルヴィア・ビーチと並んでパリ在住の不遇な作家たちを支援したことで知られる。ベンヤミンが一九三九年九月、フランス政府により抑留所に収容された時にはその釈放に尽力した。以下にこの手紙から引用がされている。Pierre Klossowski, «Le marquis de Sade et Révolution», in Denis Hollier, *Le Collège de Sociologie* (*1937-1939*), *op. cit.*, p. 368. ピエール・クロソウスキー「マルキ・ド・サドと革命」中沢信一訳、前掲『聖社会学』所収、三五六～三五七頁、オリエによる解説文中の記述による。

❖59 ヴァルター・ベンヤミン「複製技術時代の芸術作品〔第二稿〕」久保哲司訳、『ベンヤミン・コレクション1』所収、ちくま学芸文庫、二〇〇七年、六二九頁。ベンヤミンはホルクハイマー宛ての手紙にその思いを伝えている。De Walter Benjamin à Max Horkheimer, le 28 mai 1938, «Walter Benjamin et le collège de sociologie», *Critique*, «Georges Bataille d'un monde l'autre», n°s 788-789, *op. cit.*, pp. 100-101.

❖60 Pierre Klossowski, «Entre Marx et Fourier», in Denis Hollier, *Le Collège de Sociologie* (*1937-1939*), *op. cit.*, pp. 586-587. ピエール・クロソウスキー「マルクスとフーリエの間」中沢信一訳、前掲『聖社会学』所収、五六六頁。

❖61 *Ibid.*, p. 447. 同前、四三二～四三三頁。およびMuriel Pic, «Penser au moment du danger. Le Collège et l'Institut de recherche sociale de Francfort», *Critique*, , «Georges Bataille d'un monde l'autre», n°s 788-789, *op. cit.*, pp. 90-91.

❖62　ヴァルター・ベンヤミン「セントラルパーク」久保哲司訳、前掲『ベンヤミン・コレクション1』所収、三九三頁。

❖63　ヴァルター・ベンヤミン「歴史の概念について」浅井健二郎訳、同前、六五九～六六〇頁。

❖64　ヴァルター・ベンヤミン「モード」、『パサージュ論　第1巻』所収、今村仁司・三島憲一ほか訳、岩波現代文庫、二〇一一年、一二七頁。

❖65　ヴァルター・ベンヤミン「一九〇〇年頃のベルリンの幼年時代」浅井健二郎訳、『ベンヤミン・コレクション3』所収、ちくま学芸文庫、二〇一一年、六〇九頁。

❖66　前掲、ヴァルター・ベンヤミン「歴史の概念について」、六六二頁。次の論文ではベンヤミンの忘却と新生の概念について一節が当てられている。Elisabeth Bosch, «‹Les affinités électives›: Georges Bataille et Walter Benjamin», in *Cahiers de Georges Bataille*, «Georges Bataille et la pensée allemande», Éd. de l'Association des Amis de Georges Bataille, 1986, p. 37.

❖67　前掲、ヴァルター・ベンヤミン「一九〇〇年頃のベルリンの幼年時代」、六〇八頁。

❖68　*Le Petit*, *W.-C.*, *O. C. tome III*, *op. cit.*, pp. 60-61.「W.-C.　――『眼球譚』後序」『眼球譚〔初稿〕』生田耕作訳、河出文庫、二〇〇三年、一五三～一五五頁（註5参照）。

❖69　*Histoire de l'œil*, *O. C. tome I*, *op. cit.*, pp. 75-76 et p. 607.「暗号」同前、一四一～一四三頁。全集版付録（六〇七頁）に新版のこの部分「回想」が載っている。前掲河出文庫版は一九二八年刊の初稿によるが、二見書房版（生田耕作訳、一九七一年刊）は一九四〇年刊新版（「回想」）を使用しており、両者には表現上の相違が見られる。

❖70 *L'expérience intérieure*, *O. C. tome V*, *op. cit.*, p. 46.　前掲『内的体験』、八八頁。

❖71 *Ibid.*, p. 92. 同前、一八四頁。

❖72 «Œil», *O. C. tome I*, *op. cit.*, p. 187.「眼」、『ドキュマン』江澤健一郎訳、河出文庫、二〇一四年、七八頁。

❖73 «Le cheval académique», *ibid.*, p. 162.「アカデミックな馬」、同前、一六頁。«Le gros orteil», *ibid.*, pp. 200–201.「足の親指」、同前、一〇八頁。«Le ‹Jeu lugubre›», *ibid.*, p. 212.「陰惨な遊技」、同前、一三二頁。

❖74 Georges Didi-Huberman, *La ressemblance informe ou le gai savoir visuel selon Georges Bataille*, Macula, coll. «Vues», 1995, pp. 14–22. 日本語訳（第一部）：ジョルジュ・ディディ＝ユベルマン「いかにして類似を引き裂くか？」鈴木雅雄訳、前掲『ユリイカ・バタイユ』所収、二五二〜二五六頁。日本語訳は、右の単行本収録以前の論集 *Georges Bataille après tout*, *op. cit.* によるもの。

❖75 *L'expérience intérieure*, *O. C. tome V*, *op. cit.*, p. 96.　前掲『内的体験』、一九一頁　および *La Souveraineté*, *O. C. tome VIII*, *op. cit.*, p. 353. 前掲『至高性』、一八九頁。

❖76 次の記事で述べられている。Pierre Klossowski, «Entre Marx et Fourier», in Denis

Hollier, *Le Collège de Sociologie*（*1937–1939*）, *op. cit.*, p. 587. ピエール・クロソウスキー「マルクスとフーリエの間」中沢信一訳、前掲『聖社会学』所収、五六六頁。

❖77 Georges Didi-Huberman, «La colère oubliée», *Critique*, «Georges Bataille d'un monde l'autre», n°s 788–789, *op. cit.*, pp. 26–27.

❖78 リーザ・フィトコ『ベンヤミンの黒い鞄——亡命の記録』野村美紀子訳、晶文社、一九九三年。

❖79 バタイユの一九六〇年三月五日付、友人であり協力者だったロ＝デュカ宛の手紙に「この本をこれまで出版したなかで最も優れた本にしたいのです」と書かれている（*Les Larmes d'Éros*, *O. C. tome X*, *op. cit.*, p. 718.『エロスの涙』樋口裕一訳、トレヴィル、一九九五年、二六頁）。

❖80 Eugénie Lemoine-Luccioni, «La transgression chez Georges Bataille et l'interdit analytique», in *Écrits d'ailleurs : Georges Bataille et les ethnologues*, Éd. de la Maison des Sciences de l'Homme, 1987, pp. 67–70.

❖81 *L'expérience intérieure*, *O. C. tome V*, *op. cit.*, p. 28.　前掲『内的体験』、五〇頁。

❖82 フィリップ・ソレルスは晩年のバタイユの周囲に立ち籠めていた戸惑い、気詰まり、聖なる懼れのようなものについて語っており、「それでは彼が何をしたと言うのだ？ 何に触れたと言うのだ？」と問うている（Philippe Sollers, «Bataille en Dieu», in *Fugues*, Gallimard, 2012, p. 994）。 ソレルスは、バタイユが売春宿に、旧石器時代の洞窟に聞き取っていたものを沈黙の叫び、と名づけている(強調引用者)(Philippe Sollers,«Tremblement de Bataille», in *Discours Parfait*, Gallimard, 2010, p. 434)。

❖83 Jean-Luc Nancy, *La communauté désœuvrée*, Christian Bourgois, coll.«Détroits», 1986 ; nouvelle édition revue et augmentée, 2004, p. 44. ジャン=リュック・ナンシー『無為の共同体』西谷修・安原伸一郎訳、以文社、二〇〇一年、三〇頁。

❖84 *L'expérience intérieure*, *O. C. tome V*, *op. cit.*, p. 171. 前掲『内的体験』、三三七頁。

❖85 Philippe Sollers ,«Littérature et totalité», in *L'écriture et l'expérience des limites*, Éd. du Seuil, coll. «Points Essais», 2007, p. 86.

Littérature, «Georges Bataille écrivain», n° 152, avril 2008.

L'Obs, 6–12 avril 2017.

Magazine littéraire,«Georges Bataille, la littérature, l'érotisme et la mort», n° 243, juin 1987.

Revue des deux mondes,«Dans l'œil de Georges Bataille», mai 2012.

『ユリイカ・特集バタイユ』青土社、一九七三年四月号。

『ユリイカ・特集ジョルジュ・バタイユ』青土社、一九八六年二月号。

『ユリイカ・特集クロソウスキーの世界』青土社、一九九四年七月号。

『ユリイカ・特集バタイユ——生誕百年記念特集』青土社、一九九七年七月号。

『現代思想・特集バタイユ』青土社、一九八二年二月号。

『水声通信・特集ジョルジュ、バタイユ』水声社、二〇〇九年五／六月号。

『水声通信・特集「社会批評」のジョルジュ・バタイユ』水声社、二〇一一年第一号。

『別冊水声通信・バタイユとその友たち』水声社、二〇一四年。

『UP』東京大学出版会、二〇一七年二月号。

『バタイユの世界』清水徹・出口裕弘編、青土社、一九九五年。

『21世紀のマダム・エドワルダ——バタイユの現代性をめぐる6つの対話』大岡惇編著、光文社、二〇一五年。

村美紀子訳、晶文社、一九九三年。

フレイザー、ジェイムズ・G『初版金枝篇　上・下』吉川信訳、ちくま学芸文庫、二〇〇三年。

フロイト、ジークムント「快楽原則の彼方」中山元訳、竹田青嗣編『自我論集』所収、ちくま学芸文庫、一九九六年。

ヘーゲル、G・W・F『精神現象学』長谷川宏訳、作品社、一九九八年。

ヘルダーリン、フリードリヒ『ヒュペーリオン——またはギリシャの隠者』手塚富雄訳、『ヘルダーリン全集3』所収、河出書房新社、一九六六年／二〇〇七年。

ベンヤミン、ヴァルター『ベンヤミン／アドルノ往復書簡1928-1940』ヘンリー・ローニツ編、野村修訳、晶文社、一九九六年。

——『ベンヤミン・コレクション1〜7』浅井健二郎編訳、ちくま学芸文庫、二〇〇七〜二〇一四年。

——『パサージュ論 第1巻〜第5巻』今村仁司・三島憲一ほか訳、岩波現代文庫、二〇一一年。

雑誌・その他

Critique,«Hommage à Georges Bataille», n°s 195-196, août-septembre 1963.

Critique,«Georges Bataille d'un monde l'autre», n°s 788-789, janvier-février 2013.

Gramma,«Bataille», n° 1, automne 74.

L'Arc,«Georges Bataille», n° 32, 1967.

L'Arc,«Bataille», n° 44, 1971.

Les Temps Modernes,«Georges Bataille», n° 602, décembre 1998-janvier-février 1999.

Lignes,«Nouvelles lectures de Georges Bataille», n° 17, mai 2005.

ontologie du jeu, Paris, Éd. de Minuit, coll.«Arguments», 1978.

Sollers, Philippe, *Logiques*, Paris, Éd. du Seuil, coll.«Tel Quel», 1968.

——*L'écriture et l'expérience des limites*, Paris, Éd.du Seuil, coll.«Points Essais», 2007.

——*Éloge de l'infini*, Paris, Gallimard, coll.«Folio», 2001.

——*La Guerre du Goût*, Paris, Gallimard, coll.«Folio», 2002.

——*Discours Parfait*, Paris, Gallimard, coll.«Folio», 2010.

——*D'Edwarda à Madame Edwarda...*, Philippe Sollers/ Pileface, http : www.pileface. com/Sollers, 2010.

——*Fugues*, Paris, Gallimard, coll.«Folio», 2012.

——*Mouvement*, Paris, Gallimard, coll. «Folio», 2018.

Surya, Michel, *Georges Bataille, la mort à l'œuvre*, Paris, Librairie Séguier, 1987 ; nouvelle édition revue et augmentée, Paris, Gallimard, 1992 ; réédition, Gallimard, coll.«Tel», 2012. ミシェル・シュリヤ『G・バタイユ伝　上・下』西谷修・中沢信　一・川竹英克訳、河出書房新社、一九九一年。

——*Georges Bataille, choix de lettres (1917-1962)*, Paris, Gallimard, coll.«Les Cahiers de la NRF», 1997.

——*Sainteté de Bataille*, Paris, Éd. de l'Éclat, coll. «Philosophie imaginaire», 2012.

荘子『荘子・内篇』『荘子・外篇』『荘子・雑篇』福永光司・興膳宏訳、ちくま学芸文庫、二〇一三年。

ニーチェ、フリードリヒ『ツァラトゥストラ』手塚富雄訳、中公文庫、二〇一八年。

フィトコ、リーザ『ベンヤミンの黒い鞄——亡命の記録』野

—— «Bataille polytique», in *Georges Bataille*, actes de colloque international d'Amsterdam, 1985, Amsterdam, Rodopi, coll.«Faux titre»,1987.

Mayné, Gilles, *Eroticism in Georges Bataille and Henry Miller*, Birmingham, Summa Publications, Inc., 1993.

Nancy, Jean-Luc, *La communauté désœuvrée*, Paris, Christian Bourgois, coll.«Détroits», 1986; nouvelle édition revue et augmentée, 2004. ジャン=リュック・ナンシー『無為の共同体』西谷修・安原伸一郎訳、以文社、二〇〇一年。

Perniola, Mario, *L'Instant éternel. Bataille et la pensée de la marginalité*, trad. par François Pelletier, Paris, Méridiens/ Anthropos, coll.«Sociologies au quotidien», 1982.

Prévost, Pierre, *Pierre Prévost rencontre Georges Bataille*, Paris, Jean-Michel Place, coll.«Mémoire du temps présent», 1987.

—— *Georges Bataille et René Guénon : l'expérience souveraine*, Paris, Jean-Michel Place, coll.«Mémoire du temps présent», 1992.

Rabaté, Dominique,«Le discontinu du récit», in *L'Histoire-Bataille : L'écriture de l'histoire dans l'œuvre de Georges Bataille*, Paris, École des chartes, coll.«Études et rencontres», 2006.

Renard, Jean-Claude, *L'«Expérience intérieure»de Georges Bataille ou la négation du Mystère* , Paris, Éd. du Seuil, 1987.

Richman, Michèle H., *Reading Georges Bataille. Beyond the Gift*, Baltimore, The Johns Hopkins University Press, 1982.

Risset, Jacqueline,«Haine de la poésie», in *Georges Bataille après tout*, actes de colloque, Orléans, 1993, Paris, Belin, 1995.

Sasso, Robert, *Georges Bataille : le système du non-savoir. Une*

1979, nouvelle édition refondue, coll.«Folio Essais», 1995. ジョルジュ・バタイユほか『聖社会学』ドゥニ・オリエ編、兼子正勝ほか訳、工作舎、一九八七年。
Hosogai, Kenji, *Totalité en excès : Georges Bataille, l'accord impossible entre le fini et l'infini*, Tokyo, Keio University Press, 2007.
Kristeva, Julia,«Bataille, l'expérience et la pratique», in *Bataille*, Paris, UGE, coll.«10/18», 1973.
Lacan, Jacques, *Le Séminaire, Livre XX : Encore*, Paris, Éd. du Seuil, coll. «Points Essais», 2016.
Lala, Marie-Christine, *Georges Bataille, Poète du réel*, Berne, Peter Lang, coll.«Modern French identities», 2010.
Laure, *Ecrits de Laure, texte établi par J. Peignot et le Collectif Change*, Paris, Jean-Jacques Pauvert, 1977. ロール『バタイユの黒い天使――ロール遺稿集』佐藤悦子ほか訳、リブロポート、一九八三年。
Leiris, Michel, *À propos de Georges Bataille*, Paris, Fourbis, 1988.
——*Georges Bataille/Michel Leiris : Échanges et correspondances*, Paris, Gallimard, coll.«Les inédits de Doucet», 2004.
Lemoine-Luccioni, Eugénie,«La transgression chez Georges Bataille et l'interdit analytique», in *Écrits d'ailleurs : Georges Bataille et les ethnologues*, Paris, Éd. de la Maison des Sciences de l'Homme, 1987.
Limousin, Cristian, *Bataille*, Paris, Éd. Universitaires, coll. «Psychothèque», 1974.
Marmande, Francis, *L'Indifférence des ruines. Variations sur l'écriture du* Bleu du ciel, Marseille, Parenthèses, coll. «Chemin de ronde», 1985.

Fourny, Jean-François, *Introduction à la lecture de Georges Bataille*, New York-Berne, Peter Lang, coll.«American University Studies», 1988.

Galletti, Marina, *L'Apprenti Sorcier*, textes, lettres, et documents（1932-1939）, rassemblés, présentés, et annotés par Marina Galletti, Paris, Éd. de la Différence, 1999.（後半部訳）ジョルジュ・バタイユほか『聖なる陰謀——アセファル資料集』マリナ・ガレッティ編、吉田裕ほか訳、ちくま学芸文庫、二〇〇六年。

Guerlac, Suzanne, « "Recognition" by a Woman ! : A Reading of Bataille's *L'Erotisme*», in *On Bataille*, New Haven, Yale University Press, coll.«Yale French Studies», 1990.

Hawley, Daniel, *Bibliographie annotée de la critique sur Georges Bataille de 1929 à 1975*, Genève-Paris, Slatkine et Champion, 1976.

——*L'Œuvre insolite de Georges Bataille. Une hiérophanie moderne*, Genève-Paris, Slatkine et Champion, 1978.

Heimonet, Jean-Michel, *Le Mal à l'œuvre : Georges Bataille et l'écriture du sacrifice*, Marseille, Parenthèses, coll.«Chemin de ronde», 1987.

——*Politiques de l'écriture, Bataille/Derrida : Le sens du sacré dans la pensée française du surréalisme à nos jours*, Paris, Jean-Michel Place, coll.«Surfaces», 1989.

Hollier, Denis, *La prise de la Concorde*, Paris, Gallimard, coll.«Le Chemin», 1974/1993. ドゥニ・オリエ『ジョルジュ・バタイユの反建築——コンコルド広場占拠』岩野卓司ほか訳、水声社、二〇一五年。

——*Le Collège de Sociologie*（*1937-1939*）, Paris, Gallimard,

Rodopi, 1992.
Cels, Jacques, *L'Exigence poétique de Georges Bataille*, Bruxelles, De Boeck, coll. «Culture et Communication», 1989.
Chapsal, Madeleine, *Quinze écrivains. Entretiens*, Paris, Julliard, 1963. マドレーヌ・シャプサル『作家の仕事場』朝比奈誼訳、晶文社、一九七三年。
Chatain, Jacques, *Georges Bataille*, Paris, Seghers, coll. «Poètes d'aujourd'hui», 1973.
Derrida, Jacques, *L'écriture et la différence*, Paris, Éd. du Seuil, coll.«Points Essais», 2014. ジャック・デリダ『エクリチュールと差異〈新訳〉』合田正人・谷口博史訳、法政大学出版局、二〇一三年。
Didi-Huberman, Georges, *La Ressemblance informe ou le gai savoir visuel selon Georges Bataille*, Paris, Macula, coll. «Vues», rééd. augmentée 2019.
Durançon, Jean, *Georges Bataille*, Paris, Gallimard, coll. «Idées», 1976.
Ernst, Gilles, *Georges Bataille. Analyse du récit de mort*, Paris, PUF, coll.«Écrivains», 1993.
Feher, Michel, *Conjurations de la violence : introduction à la lecture de Georges Bataille*, Paris, PUF, coll.«Croisées», 1981.
Finas, Lucette, *La Crue. Une lecture de Bataille :* Madame Edwarda, Paris, Gallimard, coll. «Le Chemin», 1972.
——*Le Bruit d'Iris*, Paris, Flammarion, coll.«Digraphe», 1978.
Fitch, Brian T, *Monde à l'envers, texte réversible : La fiction de Georges Bataille*, Paris, Lettres modernes Minard, coll. «Situation», 1982.

訳文、訳註、訳者解説を作成するにあたって参照した文献は以下のとおりである。

Arnaud, Alain, Gisèle Excoffon-Lafarge, *Bataille,* Paris, Éd. du Seuil, coll.«Écrivains de toujours», 1978.

Arnould-Bloomfield, Elisabeth, *Georges Bataille, la terreur et les lettres*, Villeneuve d'Ascq, Presses Universitaires du Septentrion, coll.«Perspectives», 2009.

Audoin, Philippe, *Sur Georges Bataille*, Paris-Cognac, Actual-Le temps qu'il fait, 1999.

Baudelaire, Charles, *Le Spleen de Paris. Petits Poèmes en prose*, Paris, Gallimard, coll.«Poésie», 2006. シャルル・ボードレール『パリの憂愁』福永武彦訳、岩波文庫、二〇一〇年。

Blanchot, Maurice, *La communauté inavouable*, Paris, Éd. de Minuit, 1983. モーリス・ブランショ『明かしえぬ共同体』西谷修訳、ちくま学芸文庫、一九九七年。

——*Le Livre à venir*, Paris, Gallimard, coll.«Folio Essais», 1986.『来るべき書物』粟津則雄訳、ちくま学芸文庫、二〇一三年。

Bosch, Elisabeth, *L'Abbé C. de Georges Bataille, les structures masquées du double*, Amsterdam, Rodopi, coll.«Faux titre», 1983.

——«‹Les affinités électives›: Georges Bataille et Walter Benjamin», in *Cahiers de Georges Bataille*,«Georges Bataille et la pensée allemande», actes de colloque, Collège de France, 1986. Paris, Éd. de l'Association des Amis de Georges Bataille, 1986.

——«Bataille et la fiction. Quelques traces en amont» in *Georges Bataille et la fiction*, Amsterdam, CRIN 25,

参照文献

バタイユの『マダム・エドワルダ』の既訳書誌情報は以下のとおりである。生田訳は年を追って訳文が更新されている。

生田耕作訳
——『人間の文学(25) マダム・エドワルダ』河出書房新社、一九六七年。

——『ジョルジュ・バタイユ著作集(5) 聖なる神』二見書房、一九六九年/一九九六年。

——『眼球譚/マダム・エドワルダ』講談社文庫、一九七六年二月一五日。

——『マダム・エドワルダ』角川文庫、一九七六年、二月二八日/一九九二年。

——『マダム・エドワルダ』奢灞都館、一九八五年、改訂版一九九〇年、改訂決定版一九九八年。

——『生田耕作コレクション(1) 眼球譚/マダム・エドワルダ』白水社、一九八八年。

中条省平訳
——『マダム・エドワルダ/目玉の話』光文社古典新訳文庫、二〇〇六年。

木口香恵訳
——『マダム・エドワルダ』海外新訳文学叢書、アマゾン・キンドル版、二〇一六年。

訳者あとがき

本訳書、ジョルジュ・バタイユ『マダム・エドワルダ』の初出は、同人訳詩誌『フォーヌ（*Faune*）』である。一九八五年七月の二五号から一九九一年二月の五八号まで、途中休載も含めて約七年間にわたって分載したものである（一九八九年九月までは二ヶ月に一回刊行、以後六ヶ月に一回、最後は三ヶ月後）。当初、同訳詩集編集者から誘いを受けた際には詩の翻訳を、ということであったが、自分としては機会が与えられるのであれば是非とも『マダム・エドワルダ』の翻訳を試みたかった。当時の研究対象がバタイユであったからというだけでなく、バタイユの著作中にあっても『マダム・エドワルダ』は自分にとって特別な存在だったからである。だが『マダム・エドワルダ』はもちろん定型詩ではなく、かと言って自由詩でもなく、散文詩とも趣を異にする。それでは『マダム・エドワルダ』は詩ではないのだろうか。否、いわゆる詩のかたちは取っていないものの、バタイユが極限まで追求したポエジーをこれほどまでに具現している作品はないと言える。『マダム・エドワルダ』は、まさしくバタイユの「詩への憎しみ」が生んだ奇跡である。問題は訳のかたちである。原文はすでに述べたように詩のかたちになってはいない。結局、掲載先が訳詩誌であることから、自由詩のかたちによる翻訳が実現することになった。

†

ヴァルター・ベンヤミンは、フランツ・ヘッセルとともにプルーストを訳すなど、翻訳においても目覚ましい仕事を残している。そのベンヤミンは、ボードレール『悪の華』「パリ風景」の翻訳につけた序文「翻訳の使命」のなかで、ヘルダーリンによるソフォクレス訳を、二つの言語が深く調和した希有な例として挙げている。だがその翻訳は、一九世紀の人びとには意味が崩壊した理解不能なものとして映っていたという。ところでベンヤミンの『複製技術時代の芸術作品』を一緒に訳したピエール・クロソウスキーは、ベンヤミンの言うままにごくささいなドイツ語の言い回しにいたるまで忠実に写し取った訳文が、完全に読解不能なテクストになってしまったと述懐している。ベンヤミンの考える翻訳は、意味の伝達ではないのだ。ベンヤミンは、文学作品には捉えがたく秘密にみちた詩的なものが存在し、それは翻訳者自らが翻訳作業のなかで詩作することによってのみ再現できると言っている。『マダム・エドワルダ』を訳すに当たって私が試みようとしたのはまさにこれではなかったか、といまにして思う。ベンヤミンはさらに、縁遠い言語から翻訳する場合には語と像と音がひとつに結びつく、言語そのものの究極の要素にまで遡らなければならないと言っている。翻訳者にとって本質的なのは文ではなく語であって、文は原作の言語の前の壁であるのに対し、逐語性はアーケードなのだ、と。『マダム・エドワルダ』の訳の見直しをするに際して今回費やした時間のほとんどは、語の探求に当てられた。原文にあって文は極限まで切り詰められ、一方で各語は過剰なエネルギーを孕んで屹立しており、草稿に見られるいくつかの冗漫な表現も決定稿では削り落とされている。語を生け贄とする供儀としてのポエジーのこの上ない例を、詩のかたちではない作品に見ることができるという、言わば逆説である。

福永武彦は散文詩集『パリの憂愁』の「解説的ノート」で、ボードレールがあらたに挑戦した散文詩という独創的なジャンルについて、そこに必要なものは言葉それ自体の持つ魔術的な喚起、言葉の背後にひろがる美的想像力への刺激であると述べている。一篇の散文詩はその全体において読者の感動を詩的体験と同じ純粋さに誘うようでなければならないのであり、それはボードレールが「エドガー・ポオについての新しいノート」中で、「詩の原理は、より高度な美への人間的願望であり、この原理の表現は熱狂のなかに、魂の興奮のなかにある」と表現しているものであろう。だが福永武彦が、散文詩という言葉自体が矛盾を内蔵しているのであって近似値的に詩的なものに転化されるに過ぎないと言って、散文詩「旅への誘い」が同名の定型詩の単純な美しさに及ばないとしている点については、本論ですでに述べたようにバタイユの場合には当てはまらないだろう。また福永武彦は、ヨーロッパ語のような韻律や脚韻を持たない日本語における散文詩の例として、漱石、荷風などの小品や萩原朔太郎の散文詩を挙げており、また詩と断っていながら行を変えて書いた散文に過ぎないようなものが多いとも言っている。体言に多くの負荷をかけることのできるフランス語と異なり、述部に多くが委ねられる日本語において、それをできるだけ切り詰めたかたちが自由詩だと言うことができるのではないだろうか。『マダム・エドワルダ』の日本語訳において、各語が持つ緊張感をシンタクスの異なる言語に置き換える際に、いわゆる自由詩のかたちを取ることで伝えられるか、これは一つの選択であったと同時に賭であった。翻訳はしばしば演奏にたとえられる。フレージングやアーティキュレーション、リズム、テンポにおける独自性を目指しつつ、曲を生きたものにすることが永遠の目標である演奏と、翻訳は同じ地点を目指しているように思う。

†

『マダム・エドワルダ』の翻訳には、生田耕作氏による複数の訳が金字塔のように存在している。私が翻訳を試みた当初参照したのは同氏訳による二見書房版であるが、その言うなれば雪駄着流し風の見事な文体から離れるのにはいささか苦労した。生田訳は一九九八年の改訂決定版と銘打った最終版（奢灞都館）に至るまで進化し続けており、翻訳という使命に対する真摯な姿勢に崇敬の念を覚えずにはいられない。その後、中条省平氏による原文の論理性に着目した緻密な秀訳が出ており（光文社古典新訳文庫、二〇〇六年）、いずれも逐一参照させて頂き得るところが多かったことを感謝の気持ちとともに申し述べたい。このほかアマゾン・キンドル版では木口香恵氏による新訳（二〇一六年）がある。こうしたなかで、長く眠っていた拙訳を掘り起こして陽の目を見させて下さった月曜社の小林浩氏には、言葉につくせない感謝の気持ちで一杯である。この場を借りて心からの謝意を捧げたい。また同人訳詩誌『フォーヌ』分載時、長期にわたって根気強く付き合って頂いた佐藤領時・久美子氏ご夫妻に、改めて心からお礼を申し上げる。またさまざまな局面で貴重なアドバイスをくれた慶應義塾大学教授マリ・ガボリオ氏に感謝の気持ちを伝えたい。

なお訳出に際しては、英語訳 *My mother; Madame Edwarda; and, The dead man*, by Georges Bataille; translated by Austryn Wainhouse; with essays by Yukio Mishima and Ken Hollings, New York, Marion Boyars Publishers, 1989を参照した。

二〇一一年　冬

阿部静子

著者

ジョルジュ・バタイユ（Georges Bataille, 1897–1962）

フランスの作家、思想家。国立図書館などに勤務のかたわら、美術・考古学誌『ドキュマン』を刊行。アンドレ・ブルトンと始めた反ファシズム運動「コントル・アタック」が短命に終わった後、秘密結社「アセファル」を結成し「社会学研究会」を設立する。1946年『クリティク』誌を創刊。著書に『内的体験』、『エロティシズム』、『眼球譚』、『空の青』など。日本語訳には『ジョルジュ・バタイユ著作集』（二見書房、1967–1973年）のほか、近年の翻訳として『マネ』（江澤健一郎訳、月曜社、2016年）、『有罪者』（江澤健一郎訳、河出文庫、2017年）、『呪われた部分』（酒井健訳、ちくま学芸文庫、2018年）、『太陽肛門』（酒井健訳、景文館書店、2018年）がある。

訳者

阿部静子（あべ・しずこ, 1943–）

フランス文学研究。東京大学文学部フランス語フランス文学科卒。慶應義塾大学大学院文学研究科フランス文学専攻博士課程修了。慶應義塾大学文学部ほかで非常勤講師を勤める。著書に、『「テル・ケル」は何をしたか――アヴァンギャルドの架け橋』（慶應義塾大学出版会、2011年）、訳書に、ジョゼフ・デスアール／アニク・デスアール『透視術――予言と占いの歴史』（笹本孝共訳、文庫クセジュ、2003年）がある。

マダム・エドワルダ

[著者]
ジョルジュ・バタイユ

[訳者]
阿部静子

2022年8月25日　第1刷発行

[発行者]
小林浩

[発行所]
有限会社月曜社
182-0006 東京都調布市西つつじヶ丘4-47-3
電話 03-3935-0515
FAX 042-481-2561
http://getsuyosha.jp

[印刷製本]
株式会社シナノパブリッシングプレス

[造本設計]
太田明日香

ISBN978-4-86503-153-9　Printed in Japan

叢書・エクリチュールの冒険　第21回配本